KB130066

🚲 400만원으로 60일간

美 태평양을 달리다

자전거로 떠난 가장 아름답고 환상적인 절경

400만원으로 60일간

美 태평양을 달리다

박현숙 지음

시애틀에서 멕시코 국경까지(1,910mile, 3,073km, 60일간)

캐나다

시애틀

워싱턴

아스토리아

뉴 포트

오레곤

크리센트 씨티

유레카

캘리포니아

미국

샌프란시스코

빅 서

산타바바라

로스앤젤레스

샌디에고

"태산이 높다 하되
하늘 아래 뫼이로다"

태산보다 더 높은 산이 바로 나의 집 현관 문턱 산이었고 내 마음속의 산이었다. 두려움은 누구에게나 있는 것이고 정상적인 것이다.

수개월씩 해외로 자전거여행을 매년 다니고 있지만 출국을 앞두면 매번 똑같은 심리적 주저, 두려움을 느낀다. 귀찮아지고 나서기 싫어지며 천재지변, 항공편 캔슬 같은 타의의 핑계거리가 생겨 출발을 막아주기를 은근히 바라기도 한다.

낯선 외국에 대한 호기심과 이해, 도시와 전원을 구석구석 돌아다니며 경치와 유적과 문화와 생활을 들여다보고 그 속에 섞여보는 것이 자전거여행이다. 또한 초대받고 어울리며 그들의 사는 모습을 관찰하며 이해하고 교감하는 하루하루를 보내게 된다.

어느 나라에서나 자전거여행자에게는 우호적이고 무엇이든 도움을 주고 싶어들 하는 것 같았다. 매일 수백km나 되는 거리를 점프하듯 바쁘게 다니는 투어와는 전혀 다르다.

낯선 곳에서의 자전거여행은 무엇보다도 스스로 자기의 심리적 패러다임을 전환시키는 훈련이 된다. 생소한 환경의 언어, 문화, 사회, 인프라 시

스템 속에서 상황을 파악하고 안전하게 생존하며 이동하고 적응하는 훈련인 것이다. 다음 목적지의 캠핑장까지 길을 어떻게 안전하게 찾아갈까? 중도에 물과 음식을 구할 수 있는 슈퍼와 식당은 있는가? 텐트는 어느 자리에다 칠까? 땅바닥은 부드럽고 편안한가, 비탈지지 않았는가? 나무 그늘은 있고 바람은 통하는 곳인가? 비가 오면 숲이 비를 가려줄 수 있겠는가, 이슬이 많아 아침에는 텐트가 젖어 출발이 지연되지 않을까? 충전용 전기는 어디에 있는가, 사용하기에 편한가? 화장실과 샤워장은 밤중에 깨어 갔다오기에 너무 멀지 않은가? 여기서부터 다음 코스는 어떻게 잡을까?

이런 끊임없는 생각들과 선택과 몸을 움직이는 시간 속에서 나를 되돌아보고 지난날을 되새김하며 잘잘못을 기억하고 참회하며, 망각 속에 묻어서 감추었던 부끄러운 일도, 지울 수 없는 상처도 달리는 바람속에 흘리는 땀으로 날려 보내기도 한다. 실로 그렇다.
그렇게 자전거여행을 몇 개월 마치고 돌아오면 나의 신체적, 정신적 건강이 좋아졌고 생각과 마음도 젊어진 것을 매번 실감한다. 삶에 동력이 채워지고 활력과 자신감과 도전정신이 생긴다. 이런 것이 자전거여행의 최대 장점이다.

   사람들의 반응은 거의 공통적으로 '부럽다', '멋있게 산다', '친구가 해내니 나도 할 수 있다는 자신감을 준다', '카톡 사진으로 집에 앉아서 좋은 구경을 시켜준다'였다. 그러나 부러울 일만도 아니다. 그만큼 적은 돈으로 고생도 한다. 비행기표 값으로 목돈이 드는 외에는 일일 3만 원 이내의 금액으로 알뜰히 여행한다. 텐트 생활을 하며 직접 장을 봐서 취사를 하기 때문이다.

   군 제대 후 복학을 앞둔 대학생들, 직장을 옮기느라 몇 달의 시간이 있는 사회인들, 특히 제2의 삶을 준비하시는 퇴직하신 분들께서 두 달의 기간과 4백만 원 정도를 할애하실 수 있다면 미 태평양 해안 여행을 권해드린다. 자전거 라이딩이든 자유여행이든 다 좋겠다. 자신을 충분히 재충전하고 삶에서 산소와 같은 자유를 실감하면서 앞으로의 삶에 대한 밑바탕 그림을 자신도 모르게 다시 그리게 될 것이다.
   미 태평양 자전거도로는 그런 기쁨과 희망과 도전의지를 갖게 해주는 좋은 코스라고 여겨진다. 그만큼 아름답고 다양한 경치인 데다 후진국의 off-road 같은 고난도가 아니며 또한 중도에 코스를 벗어나 주변 도시나 관광지나 경치들을 마음대로 즐기며 자유자재로 머물 수 있기 때문이다.

　모텔비는 1박 평균 100달러나 되는데 텐트를 40~50달러에 구입해서 1박 캠핑에 10달러 정도를 내며 두 달을 사용하면 얼마나 큰 절약인가? 더구나 코펠과 가스를 갖고 다니며 슈퍼에서 먹고 싶은 것을 마음대로 장을 봐서 해먹고 다닐 수 있다. 그러다 때로는 좋은 식당에서 근사하게 사 먹을 수도 있다.

　남들보다 내가 특별하거나 대단한 것도 아니다. 단지 남들이 안 했기 때문에 해냈다는 얘기를 할 수 있는 것이다. 자전거여행은 일단 시작하면 다음 단계로 나아가야 한다. 자전거를 버리지 않는 한 중도에 포기하고 되돌아가기도 쉽지 않다. 섬으로 건너가는 수영과도 같아서 앞으로 계속 나아가지 않을 수 없다. 그렇다고 모든 준비 체력. 물품 를 완전히 갖추고 나설 수도 없고 그럴 필요도 없다. 현지에서 일단 라이딩을 시작하면 체력도 점차 만들어지고 필요물품도 중도에서 보충할 수 있게 된다. 또한 라이딩 자체도 완전 고수들만 나가는 것도 아니다. 한강을 따라 양평까지 달릴 수 있는 분이라면 나갈 수 있는 충분한 실력이다.

　자전거여행에는 또한 관성의 법칙 the law of inertia 이 그대로 적용된다고 말할 수 있다. 나 자신을 정지한 물체가 아닌 운동하는 물체로 변환시켜야 한다. 동인이 필요한 것이다. 핵심은 동인을 외부에서 가해지는 힘으로든 스스로든 첫 움직임을 만들어야 된다는 것이다. 나의 집 현관 문턱을 넘어서는 것이 시작이다. 가족과 안락 안주하고 친구들과 재미있게 어울리는 삶도 좋지만 선택의 문제일 것이다. 삶에는 안주함보다 움직임이 필요하며 변화가 필요하고 도전이 필요하지 않은가.

　자전거여행은 재미, 즐거움, 기쁨, 환희, 행복, 감사, 만족감 그 자체이다. 다른 어떤 활동에서보다도 더 강하게 느끼게 된다. 라이딩이 다른 활동과 비교되는 큰 특징이다. 미국이나 유럽에서 만난 라이더들은 모두가 "It's fun!. Enjoying!"이라고들 똑같이 말한다. 고생도 되지만 그보다는 재미가 늘 더 크다는 얘기인 것이다.

　나의 혼자 첫 해외라이딩은 생면부지의 프랑스 시골도시 르퓌엉벨레를 찾아가서 390유로짜리 싼 자전거와 필요물품을 세트로 구매하여 스페인의 서쪽 땅끝 피니스테레 Finistere 까지 1,800km를 한 달간 라이딩한 것이었다. 불어를 전혀 못했던 그때는 출발을 준비하며 실로 공포

에 달하는 두려움을 겪었다. 그러나 현지에서 라이딩을 시작한 순간부터 환희의 연속이었다. '왜들 안 하는 거야!' 하며 나도 모르게 소리도 질렀고 기쁨과 감격과 행복으로 눈물이 여러 번 흐르기도 했었다. 그러고부터 그 맛에 빠져들고 말았다. 못 나가고 있으면 갑갑함에 숨이 막히고 무기력해지고 우울해진다. 그래서 매년 몇 개월씩 라이딩을 꼭 나가려고 한다.

나이는 빨리 들고 세계는 넓다. 그동안 좀 다녔지만 아직은 지구의 극히 작은 부분에 불과하다. 그래서 나는 더욱 열심히 달려야 한다!!

지난 수년간 매년 나의 이런 장기 해외라이딩여행을 허락해주고 가정을 잘 꾸려온 처 송수경 민화작가와 각자 열심히 살고 있는 두 딸에게 감사한다. 그동안 라이딩을 종료할 때에는 몇 번 처와 합류하여 몇 달 동안 라이딩했던 코스를 자동차로 함께 되돌아보는 여행을 해왔는데 이번 미 태평양 해안에서는 친구들과 어울리며 10여 일을 지내다 보니 날짜가 모자라서 못했다. 이래저래 미 태평양 해안은 와이프와 꼭 다시 한 번 가야만 할 것 같다.

CONTENTS

Part 2

Part 3

Part 4

Part 5

Part 6

에필로그 여행은 언제나 돈의 문제가 아니라 용기의 문제다 • 250

Part 1

시애틀로 가는
비행기에서

인천에서 출발한 UA기는 태평양 상공에서 분실한 고양이를 찾아달라며 기내방송으로 모두를 깨우고 불을 다 켜고 법석을 떨었다. 어렵게 잠깐 잠이 들었던 나는 금방 정신이 멀쩡해지며 다시 생각에 빠졌다. 시애틀행 비행기를 갈아타는 샌프란시스코공항 UA기 레이오버 시간이 한 시간 남짓인데 입국심사가 빨리 될까 놓치지 않을까, 자전거는 시애틀공항에서 조립해서 숙소까지 타고 갈까 택시로 숙소에 가서 조립할까, 태평양 해안 날씨는 어떨까, 비는 며칠이나 얼마나 내릴까, 뒷바람일까 앞바람일까…. 하늘과 운에 맡길 일이라고 작심했지만 근심에 고민이 겹쳐오며 한숨도 잘 수가 없었다. 내릴 때는 극도로 피곤했다.

비행기는 샌프란시스코공항에 예정시간보다 좀 일찍 도착했고 입국심사에서는 태평양 해안을 자전거로 종주하러 왔다고 했더니 "원더풀! 굿럭!" 하며 3개월 비자를 주었다. 다행히도 일사천리였다.

샌프란시스코에서 시애틀로 갈 때는 비행기 오른쪽 창밖으로 눈 덮인 세인트 헬렌, 레이니어 산이 보였다. 전에는 이 하늘에서 두 개의 뚜렷한 원을 이룬 쌍무지개 속에 비치는 레이니어 산을 캠코더로 찍기도 했었다. 그런데 어느 날 찾아보니 소중하게 보관했던 테이프들이 모두 없어졌다. 이사를 많이 다니다 보니 언제 없어졌는지도 모른다. 이번에는 살펴봐도 무지개가 없었다. 레이니어 산은 자동차로도 올라봤던 곳이라 다시 보니 더 반가웠다.

시애틀에서

○ 인터넷 주문 여행용품은 출발지 숙소(시애틀)로 배송

7월 중순 시애틀은 인터넷으로 파악했던 것보다 훨씬 더 추웠다. 자전거 복, 바람막이, 침낭 속 라이너 등 몇 개를 더 사야만 했다. 숙소는 시애틀공항 근처 벼리언 Burien 에 이틀을 잡았는데 시내중심가까지는 한참 멀었지만 스포츠용품점 REI와 쇼핑몰이 자전거로 다니기 좋았다.

지도 등 여행용품 몇 개는 미국에 인터넷으로 주문하였는데 국내로 배송받을 날짜가 충분치 않았고 또 빠른 특송은 너무 비싸서 배보다 배꼽이 더 큰 격이었으므로 숙소로 배송받았다. 사용하지 않던 휴대폰을 가져가 미 통신사 칩을 끼워 미국용 전화기 겸 GPS로 사용하였다. 로밍전화는 미국통신요금이 너무 비싸므로 두 개를 사용했다. 그러나 시애틀에서부터 중부 캘리포니아까지 거의 50% 지역은 통신이 되지 않았다. GPS 기능은 휴대폰 서비스와 무관하여 훌륭히 잘 사용했다.

○ 시애틀의 자전거 숍

시애틀은 시내 북쪽인 워싱턴대학교 University of Washington 근처 Green Lake 주변에 자전거 숍들이 많았다. 숙소에서 편도 32km 거리였고 자전거와 열차를 갈아타며 찾아가서 추위에 버틸 옷과 장비를 더 갖추었다. 그러나 그것도 부족해서 라이딩 내내 추위로 무척 고생하고 말았다. 그린 레이크의 호반이 아름다워 한 바퀴 라이딩도 했다.

숙소는 거목들 숲이 울창하고 쾌적한 부자동네 벼리언의 민박집이었다. 주인의 새끼고양이가 밤중에 침대에 올라와 내 머리와 귀를 자꾸 핥아서 잠이 깨기도 했다.

숙소비용: $24 x 2 = $48

라이딩 시작
| 제1일 |

○ 시애틀 항구에서 브래머튼(Bremerton) 가는 페리

　태평양 자전거길은 시애틀 항구에서 페리를 타고 앞바다의 브래머튼으로 건너가야 있었다. 캐나다 밴쿠버에서 시작하여 내려오는 미 태평양 자전거길 Pacific Coast Bike Route 은 복잡한 시애틀 시내를 피해 앞바다의 섬 몇 개를 이어 건너가며 남쪽으로 내려간다. 페리를 기다릴 때 시애틀 시내는 태양이 너무 뜨거워 화상을 입을 것만 같았다. 그러다가 해만 지면 너무 춥고 바람도 강하여 패딩을 입어야 했다.

　페리부두에 도착했을 때 자전거는 나뿐이었다. 그러나 곧 십여 대가 몰려왔고 오토바이들도 왔다. 페리 삯은 8달러 35센트였다. 페리에 올라 브래머튼으로 건너가며 뒤로 보이는 시애틀은 아름다웠다. 시애틀 야구장 세이프코 필드도 점점 멀어지고 있었다.

○ 일라히(Illahee) 주립공원 캠핑장

브래머튼항에 내리니 아직 한낮이었다. 가까운 북쪽의 포트 갬블 Port Gamble 까지 버스를 타고 올라가서 자전거를 시작, 일라히 캠핑장까지 내려왔다. 미국 버스는 앞에 자전거 거치대가 설치되어 있었고 5대를 실을 수 있었다.

브래머튼 북쪽의 일라히 주립공원 캠핑장 자전거용 텐트사이트에서 1박했다. 텐트 하나, 한 사람에 15달러를 받았다. 워싱턴주 주립공원은 오리건이나 캘리포니아 주립공원보다도 캠핑비가 훨씬 비쌌다. 미국 물가는 옛날 기억보다 두 배는 오른 것 같았다.

캠핑장은 키가 수십m인 삼나무 숲 속이었다. 해안 비탈이라 한밤중 조용할 때는 파도소리가 들렸다. 숲이 워낙 깊어 낮인데도 어두웠다. 키가 100m는 되겠다. 이런 울창한 원시림 속에는 산책길이 많다. 이끼들이 나무줄기를 온통 덮기도 한 컴컴한 우림이다. 가파른 산비탈 길은 짐을 잔뜩 실은 짐자전거를 타기는커녕 힘들게 밀어야 했다. 평생 이런 숲 속에서 캠핑은 처음이라 신이 났지만 곰이 나타날까 무섭기도 했다. 야생짐승들 때문에 캠핑장에는 음식을 숨겨놓는 푸드 박스들이 설치되어 있었다. 밤에는 옆자리에서 고등학생 몇 명이 늦게까지 불을 피우느라 나무를 꺾으며 떠들어대어 잠들 수가 없었다.

이른 새벽에는 공원보안요원들이 와서 자고 있던 이들을 쫓아버렸다. 무단 캠핑자들이었던 것이다. 캠핑장 관리인은 밤새 나의 배터리들을 자기 사무실에서 충전해 주기도 했다.

7월인데 아침에는 라이딩을 못할 정도로 손도 시리고 추웠다. 텐트 속은 더 추워 상하의를 한 벌씩 더 입고 또 패딩까지 껴입어야 했다. 캘리포니아 중부에 도착할 때까지 내내 이렇게 추웠다.

캠핑: $15 / 벼리언~시애틀 열차: $5 / 시애틀~브래머튼 페리: $8.35

합계 $28.35

셸턴(Shelton)에서 맞은 주말
제2일

○ 소도시나 유명휴양지는 주말을 피해야 한다

브래머튼에서 남쪽으로 가는 길은 3번 도로였다. 시내 남쪽에는 해군기지가 있었고 해체 중인 항공모함 두 대가 보였다. 2009년 퇴역한 키티호크도 있었다. 바람은 북서풍이 등을 밀어주고 있었다. 교통량이 많은 3번 도로를 나와 GPS를 따라 평지의 메이슨 레이크 로드를 타며 뒷바람에 시속 31km가 넘는 속도로 달렸다. 내륙 깊이 들어온 좁고 깊은 만灣의 끝에 있는 마을 셸턴 Shelton 에 도착했다. 너무 지쳤고 캠핑장은 아직 멀어 더 갈 수도 없었다. 깔끔한 Inn이 있어 들어가니 리셉션 할머니가 120달러를 요구했다. 비싸다고 좀 깎아줄 수 없겠냐고 물었더니 생글생글 웃으며 친절하던 할머니가 순간 무섭게 화를 내며 시내 구석 어디에 싼 곳이 있다며 당장 나가라고 했다. 즉시 안 나가면 총이라도 뽑겠다는 태도였다. 조용히 나와야 했다. 무섭기도 하고 너무 황당해서 멍해졌다. 시작부터 혼이 나고 나니 이러다가는 목적지 샌디에이고까지는커녕 언제 어떻게 당할지도 모르겠다는 생각에 겁이 났다. 기가 죽고 조심해야겠다고 다짐을 했다.

할머니가 알려준 구석 모텔을 찾아가니 완전 썩은 건물인데 80달러였다. 망설일 것도 없었다. 에어컨을 켜자 곰팡이 냄새에, 먼지가 흩날리기까지 해서 바로 꺼버렸다. 벽도 구석도 바닥 카펫도 온통 곰팡이였다. 그 속에서 빨래를 해놓고 슈퍼마켓에 가서 음식들을 사 와서 배불리 먹어야 했다. 여름 휴가철인데다 토요일이라 방도 없고 방값이 올라 있었다. 주말을 잘 피해야 하는데 소도시나 유명 휴양지에 도착할 때는 꼭 이렇게 주말이 되어 고생했다. 큰 도시는 숙소들이 다양하고 많으므로 싼 방을 구하는 것에 문제가 없지만 소도시는 이렇다. 다음 날 아침 출발 때는 2층인지 옆방인지에서 낡은 마룻바닥과 침대가 요란하게 삐거덕거리며 신음소리가 빨라지고 있었다. 서둘러 방을 나와 버렸다.

모텔비 : $80

센트랄리아(Centralia)
제3일

페달을 밟을 때 나는 내 존재를 실감한다. 국내 라이딩도 그렇지만 특히 낯선 외국에 나와서 페달을 밟을 때에 느낌이 더 생생하다. 두 바퀴에서 전해오는 낯선 길바닥의 느낌과 주변의 초목들과 산과 들과 강과 스쳐지는 바람과 함께 호흡하며 교감한다. 이른 아침이슬에 젖은 채 생기를 가득 머금은 풋풋한 풀잎들, 영롱한 햇빛을 담아 반짝이는 이슬방울들, 높게 낮게 떠가는 구름들, 숲에서 짹짹거리는 새들, 낮게 가라앉은 아침안개 위로 드러나는 정경들, 한낮의 한증막 더위 속에서 전신에 흐르는 땀, 뙤약볕 나무그늘에서 부는 상쾌한 바람, 이들 모두와 교감하는 데서 내가 존재함을 실감한다. 낯선 것일수록 더욱더 생생하게 느껴지는 법이다. 그래서 낯선 외국에 나가서 라이딩 할 궁리를 한다.

셸턴에서부터 101 Freeway는 달리기가 좋았다. 교통량이 많지도 않은 이름만 프리웨이였다. 프리웨이라 경사도가 잘 다듬어져 있고 갓길도 넓었다. 강한 뒷바람이 계속 밀어주니 속도는 30km 이상을 내고 있었다.

Centralia 마을의 Midway RV Park에 텐트를 쳤다. 모두 캠핑카들이고 모퉁이 작은 구석이 자전거용 텐트 자리였다. 텐트를 쳐놓고 즉시 슈퍼마켓 세이프웨이에 가서 통닭, 맥주, 요구르트, 계란, 오렌지주스, 체리, 복숭아, 라면을 사 와서 배부터 채우고 나니 이제 씻어야 할 차례였다. 전화기 충전도 해야 하고 또 잠자기 전에는 라면에 계란을 넣고 끓여서 잘 먹고 푹 자며 에너지를 비축해두어야 내일 코스를 무난히 달릴 수 있을 것이다.

○ 슈퍼마켓(세이프웨이) 멤버십

슈퍼마켓 세이프웨이 Safeway 에서는 멤버십카드를 발급받으라고 했다. 귀찮은 일이라고 안 하려고 했지만 이용 시마다 할인과 행사 혜택이 있었다. 시애틀에서부터 샌디에이고까지 거의 곳곳에 매장이 있었고 누적 금액은 적지 않은 돈이었다.

해가 지자 추워서 잠이 오지 않았다. 새로 산 옷을 껴입어도 추웠다. 추위 말고는 다른 것은 모두 좋았다. 일찍 누웠는데 캠핑장에서 경비를 목적으로 키우는 개가 구석자리인 내 텐트 주변에 와서 외곽을 향해 수시로 크게 짖어대는 바람에 새벽 한 시쯤에야 잠이 들었다. 밤이 깊어지며 더 추워졌고 누운 등바닥이 춥고 시려서 덜덜 떠느라 깊게 잠들 수가 없었다. 다음 날 출발 때는 가랑비가 조금씩 내려서 캠핑장 나무 아래 앉아 카톡을 하며 비 그치기를 기다렸다. 친구들은 국제거지 신세라고 놀리기도 했다.

캠핑비: $7

씨퀘스트(Seaquest) 주립공원
│ 제4일 │

센트랄리아를 나와서 평원 길을 달렸고 뒷바람이 강하게 밀어주는데도 속도가 안 나고 자꾸 힘만 들어서 이상했다. 그러다가 뒤돌아보니 비탈을 한참 오르고 있었고 경치가 멀리 내려다보이는 높이까지 올라 있었다. 낯선 길에서 가끔 겪어보는 착시였다.

산 위에서는 울창한 숲 사이로 곧게 뚫린 길고 긴 직선 숲길을 달렸다. 달리면서 나는 이 직선 숲길이 언제 끝날까 하며 불안했다. 몇 년 전 스페인 카미노 데 산티아고 길을 걸을 때 어느 산속 울창한 숲 속에서 겪은 기억이 되살아났던 것이다. 양편으로 늘어선 키 높은 숲 사이로 뚫린 널따란 직선의 메마른 흙길은 무더운 찜통 날씨 속에서 한증막터널 같았고, 저 멀리에서는 길과 숲이 소실점을 이루고 있었다. 그 소실점을 바라보며 숲이 끝나는 곳이기를 간절히 바라면서 다가가 보면 휘어지는 모퉁이였고, 그 모퉁이를 돌아서면 다시 까마득한 저 앞에 소실점이 또 나타나기를 반복했다. 무더위의 한증막 터널 속에 홀로 꼼짝없이 갇힌 것 같아 완전히 지쳐있던 나는 공포까지 느꼈었다. 그때의 기억이 살아나며 나는 긴장되고 불안해졌던 것이다.

어느새 숲은 키가 작아지고 산도 낮아지며 내리막이었다. 내리막을 씽씽 신나게 내달려가니 우리나라 농촌처럼 벼를 심은 들판이었고, 들판 가운데로 난 둑에 올라서며 작은 강을 건너니 Castle Rock 마을이었다. 마을에는 캠핑장이 없었고
모텔은 80달러를 불렀다. 15km나
산속으로 더 가는 헬렌 산 Mt. St.
Helens 입구의 Seaquest State Park
캠핑장까지 갔다. 15km 들어갔다
가 나와야 되니 왕복 30km를 헛
타는 것이었다. 늦어지면 문을 닫으
면 이 산속에서 어쩌나 겁도 나서
고개를 몇 개나 넘으며 기를 쓰고
갔더니 엄청 큰 캠핑장인데 RV 자
리, 대형텐트 자리 등 위치와 가격이 다양했다. 큰 공원이라 24시간 관
리자들이 근무하는 곳이었다. 숲 규모는 헬렌산기슭이라 브래머튼 북
쪽 일라히 공원 캠핑장보다는 규모가 다른 차원이었다. 12달러짜리의
싼 Hiker/Biker 자리를 잡았다.

완전 정글 속이었다. 키가 100m도 넘을 세콰이어 거목들이 하늘을
높이 뒤덮은 대단한 숲이었다. 사나운 모기가 너무 많았고 준비해 간
모기향을 빙 둘러 사방으로 피웠다. 난생처음 이런 숲에서 밤을 보내
니 꿈만 같았고 영화 속에 내가 들어온 것만 같았다. 피톤치드인지 숲
향기는 대단했다. 다음 날 아침 나올 때는 수십m 키의 울창한 거목들
사이에 있는 캠핑장 오피스는 개미집처럼 작게 보였다. 거목들과 대비
되며 동화 속의 난쟁이집 같기도 하여 신비롭기도 했다. 매일 이런 숲
속에서 머물고 싶어졌다.

캠핑비: $12

콜롬비아(Columbia) 강가의
캐스라메트(Cathlamet)
제5일

○ 디젤 가스 연막탄 기습공격을 받다

어제저녁에 라면 두 개에 계란 두 개를 넣고 끓여 먹었는데 아침에도 똑같이 먹었다. 언제든지 배를 확실히 채워야만 된다는 것은 경험으로 배운 절대명제였다. 단 한 번의 실수라도 치명적일 수 있는 최우선 순위의 원칙이다. 자전거를 탈 때는 정직하게 먹은 만큼만 달릴 수 있기 때문이다.

어제의 Castle Rock 마을까지 다시 나온 후 강을 건너고 산을 넘어가니 Coal Creek이라는 동네였다. 시커먼 석탄은 흔적도 없는데 이름에만 석탄이 들어있는 것 같았다. 여기서부터는 워싱턴주와 오리건주의 경계인 콜롬비아강을 따라가는 4번 도로를 달렸다! 강변인데도 긴 산언덕을 몇 개나 넘었다. 좁은 길에서 나를 추월하던 밴이 갑자기 시커먼 디젤 연기를 펑하며 터트리고 달아났다. 완전 그을음 연막탄 속이었다. 갓길도 없는 좁은 길에서 길가는 도랑이고 앞도 옆도 전혀 안 보이며 캄캄하고 숨이 막히는데다 도랑에 빠질까 무서워 엄청 당황했다. 그 후 다른 곳에서도 이런 짓을 두 번 더 겪었다. 엄청 화가 났고 쌍욕도 나왔다. 자전거를 혼내겠다는 것인지 멋있다고 힘내라고 격려하는 것인지 이유를 알 수 없었다. 정말 미친놈들이었다.

○ Columbia 강변 동네 Cathlamet

　이날은 곳곳마다 국기를 조기로 걸고 있었다. Columbia River 북쪽 강변 동네 Cathlamet에 도착하여 만난 경찰에게 길을 물으며 이유를 물었더니 어제의 총기 사건 때문이란다. 그러고 보니 경찰들은 모두가 무장을 더 했다. 괜히 나도 총기가 무서워졌다. 모두가 총을 가진 이 나라에서 누가 언제 총을 뽑을지 모르지 않는가?

　경찰은 콜롬비아강 하구의 아스토리아 다리 Astoria Bridge 를 건너는 것은 바닷바람이 워낙 강하여 자동차들도 휘청거린다며 여기서 페리를 타고 강을 건너라고 권했다. 이 마을 앞 강둑캠핑장에 텐트를 쳤다. 건너편에 오리건주의 산들이 보였다. 내일은 페리를 타고 오리건으로 강을 건넌다.

　7월의 휴양지인데도 이곳은 썰렁했고 문을 연 식당도 없었다. 바람도 강한 강둑에 텐트는 나뿐이고 RV 캠핑카 몇 대가 있었다. 을씨년스럽기만 했다. 텐트와 마을 사이는 요트들이 정박한 마리나이고 옆의 드넓은 공간은 RV캠핑장이었다. 바람을 조금이나마 가려주는 나무 밑을 찾아야 했다.

　캠핑장 오피스는 닫혀있었다. 전화번호가 붙어있고 요금은 20달러라는 표지가 있었다. 전화를 걸어도 받지를 않았다. 여기저기 물어보니 모두 모르겠단다. 일단 텐트를 치고 샤워를 하고 재료를 사 와서 저녁도 해먹었다. 그리고 다시 오피스에 가봤지만 그대로였다. 그냥 자야 했다.

캠핑비: $0

오리건 주로 진입
제6일

○ 캠핑장 이용료 20달러를 굳히다

아침 출발할 때 돈을 내려 해도 사람이 없었다. 돈을 넣을 돈통도 쑤셔 넣을 문틈도 없었다. 오피스 계단에다 돌로 눌러놓을까? 누가 가져가버릴 것 같았다. 여전히 전화도 안 받았다. 좀 애매한 상황이라 잠시 번민했지만 상황적 실리를 택했다. 캠핑비용 20달러를 굳히기로 했다. 마음은 편치 못했다. 마을 중심의 카페에서 아침을 먹었다. 카페 주인에게 커피를 일주일 만에 마셔본다고 했더니 3잔을 연거푸 따라주고도 더 주려고 했다. 고맙다며 사양해야 했다. 페리부두까지 가는 길은 여의도 같은 강 속 평원인데다 워낙 넓은 강 위로 부는 뒷바람이 강해 자전거는 저절로 달렸다.

○ 콜롬비아강 페리에서 만난 한국 팬

이곳의 콜롬비아강은 서울의 한강보다는 훨씬 넓고 부산의 낙동강 하구보다도 넓어 보였다. 다리를 건너니 강 속의 큰 섬 Puget Island였고 여의도처럼 길쭉한 섬 남쪽에는 페리부두가 있었다. 오리건주에서 이곳까지 오가는 페리는 크지 않았다. 도착할 때는 오리건에서 자전거들이 단체로 건너왔다. 일일 라이딩을 한다는 그룹이었다. 페리부두에서는 한국 팬인 백인을 만났다. 배를 기다리는 동안 그는 나에게 수고한다며 물도 두 병을 주었는데 자동차들이 자전거보다 먼저 타면서 내 뱃삯 2불도 이미 내버렸다. 기아차만 세 번째 탄다는데 이번에는 Soul을 사서 3주 만에 1만 마일을 탔다고 했다. 집에서는 김치 등 한국 반찬을 먹는단다.

강은 밀물 썰물 차이가 컸다. 마침 썰물이라 물속에는 여기저기 노출된 채 썩어가는 그루터기들이 보였고 그 끝부분 위에는 예쁘게 꽃들도 피어있었다.

○ 오리건주 북단의 첫 도시 아스토리아의 Buoy 식당

　페리를 내리고 나서 태평양 해안 아스토리아로 나가는 길은 콜롬비아강을 따라 달렸지만 강은 숲에 가려져 안 보였고 긴 고개를 몇 개나 오르내려야 하는 힘들고 지루한 코스였다. 아스토리아가 가까워져서야 강이 내려다보이며 아름다운 경치들이 나타나기 시작했다. 예쁜 그림엽서 같은 경치도 있었다. 이 길은 아메리카대륙을 동서 東西 횡단하는 라이딩코스이기도 해서 자전거들이 많아졌다. "웰컴 투 아스토리아" 표지도 있었고 일부분만 남아있는 녹슨 옛 철길도 보였다. 콜롬비아강 하구인 아스토리아 항구는 반도처럼 노출된 곳이라 바람이 무척 강해 을씨년스러웠다. 목재 브릿지 부두가 해안을 넓고 길게 온통 덮고 있었고 부두 위로는 철로가 나있었다. 콜롬비아강 하구에 아스토리아와 워싱턴주를 연결하는 아스토리아 철다리가 하늘 높이 까마득히 길게 뻗어 있었다. 멀리 북쪽에서 보아도, 다리 밑에서 보아도, 남쪽에서 보아도 아주 멋있었다. 미 태평양 해안을 달리는 101번 도로의 다리로 길이가 4마일 6km 도 넘었다. 전날 만났던 경찰은 이 다리에는 갓길이 좁고 바람이 너무 강하여 자전거는 위험하다며 가지 말라고 했다.

　바람도 강한 아스토리아는 작은 샌프란시스코라고도 불린다. 만 속의 해안비탈 지형에 형성된 경사진 골목들, 옛 건물들의 모습, 만을 건너는 다리들, 강한 바람, 안개 등이 샌프란시스코와 닮았다는 것이다. 아스토리아는 찌뿌둥한 하늘에 바람이 강한데다 소금기로 칙칙하며 을씨년스러웠다. 추워서 돌아다니고 싶지 않았다.

아스토리아의 호스텔 4인실 벙커베드 2단에 28달러로 투숙했다. 씻자마자 리셉션에서 식당을 추천받아 저녁을 먹으러 나섰다. 아스토리아의 유명한 'Buoy'라는 맥주공장 겸 식당을 찾아갔다. 지역주민들도 줄을 서서 먹는 식당이었다. 바다 위의 목재 브릿지부두에 세워진 옛날 창고 겸 공장인데 외부 모습이 식당 같지 않아서 모르고 지나쳤다가 되돌아오면서야 발견했다. 크램차우더, 피시앤칩스를 먹었다. 간만에 먹은 크램차우더는 오래전 보스턴의 88마켓에서 먹어본 그 맛보다는 못한 것 같았다.

호스텔비: $28

○ 호스텔 한 방의 세 남자들

　호스텔 같은 방에는 나와 세 남자가 있었다. 65세의 켄터키 출신, 45
세의 스웨덴 입양 한국 출신, 또 미국 청년이었다. 이들은 모두 동부에
서 이곳까지 미국횡단을 종료했고 집으로 돌아가는 사람들이었다. 각
자의 코스에 따라 차이가 있었지만 4,300~4,700마일을 라이딩했단다.
나의 태평양 해안 라이딩은 2,000마일이 채 안 되므로 그들의 절반도
못 되는 것이다.

　내 침대의 아랫단 미국청년에게서 올라오는 썩은 것 같은 삭은 신 땀
냄새가 워낙 지독해서 잠을 잘 수도 없었다. 하도 심해서 방문을 열어
놓기도 했고 잠자리에 들어간 리셉션을 깨워서 베개와 시트를 바꾸게
도 했다. 그러나 조금도 달라지지 않았다. 그의 몸에서, 또 패니어 속의
옷에서 나는 완전 삭아서 썩어가는 악취였다. 한여름 스페인 산티아고
순례길의 안 좋은 숙소에서 맡을 수 있는 악명 높은 냄새는 소문만 무
성했지 이에 비하면 아무것도 아니었다.

네할렘(Nehalem) 베이 공원
| 제7일 |

○ 오리건 해안절벽 위의 경치

  Astoria의 철로가 깔린 목조부두를 따라가다가 끝에서 남쪽으로 건너는 긴 다리에 올라섰다. 다리 위에서 바라보이는 아스토리아를 품은 콜롬비아강 하구 모래해안에는 성인 체구만큼이나 큰 펠리컨들이 서성대고 있었다.

  101번 도로에는 자전거도 갑자기 많아졌다. 트레일러를 몇 개씩 달고 달리는 대형 화물트럭들도 많아졌다. 길은 해안을 높고 낮게 오르내리다가 터널을 통과하기도, 비탈로 고도 400m나 올라가기도 했다. 뒤로 북쪽해안은 가늘고 길게 모래둑이 두 겹으로 뻗어있고 둑 옆으로 작은 강 두 개가 따라 흐르고 있었다. 비탈 정상은 무서운 해안절벽이었다. 정상에서 보이는 바다 위에는 어두운 구름이 온 하늘을 덮고 있었지만, 그 구름과 바다와 사이의 하늘은 너무 맑고 투명하여 수평선 바깥 먼 곳까지도 선명하게 드러나고 있었다.

  수면 위로는 낮고 조용한 물결이 넓게 펼쳐지며 백사장까지 닿고 있었고 흰 포말 띠가 백사장을 따라 바다와의 경계를 만들며 먼 해안선 끝까지 이어져 있었다. 소나무 가지 사이로 내려다보이는 흰 포말 바다 위에는 크고 작은 바위들이 아름답게 흩어져 있었다.

○ 오스왈드 웨스트(Oswald West) 주지사 기념 동판

　까마득한 절벽 비탈에는 돌축대를 쌓아 만든 도로가 잔교처럼 매달려있었고 돌아가는 모퉁이의 조그만 빈터는 전망지점이었다. 전망지점에 설치된 바위에는 옛 오리건 주지사 오스왈드 웨스트를 기념하는 동판이 붙어있었다. 그는 1911~1915년간 오리건 주지사였으며 북쪽 콜롬비아강에서부터 남쪽 캘리포니아 주경계까지의 400마일의 전 해안을 Public Use 公用地로 지정했다. 개발을 규제하여 자연을 그대로 유지시킨 것이다.

동판에는 "모래와 하늘과 바다 경치를 보며 당신이 일상 근심을 잠시 잊었다면 오스왈드에게 잠시 감사하라"고 적혀있었다. 나도 그랬다. 나의 정체는 무엇인가, 나는 왜 이 먼 곳에 혼자 와서 자전거를 타고 있는가? 나는 세상을 인생을 어떻게 살아왔는가? 나의 삶, 내가 선택했던 것들, 지난 시간들을 돌이켜봤다. 잘못 보낸 시간들이 생각났다. 내가 쌓은 덕은 무엇이고 죄업은 무엇인지를 생각했다. 나는 루저인가 아닌가? 가련하고 초라한 나 자신을 돌아보며 속량하고 위로받는 데는 낯선 곳에서 혼자 자전거를 타는 것만큼 좋은 것이 없는 듯했다. 그 절벽 위에서 넓은 바다를 바라보며 한동안 나 자신을 생각했다.

어두운 구름 아래로 절벽 위에서 바라보이는 바다는 망망대해였다. 먼 수평선에서는 햇빛이 반사되며 빛나기도 했고 물결도 없이 조용한 넓은 바다 한가운데로 흰 포말 띠가 가늘고 길게 멀리 돌출된 산 아래 바다까지 이어져 보여 신기했다.

○ Nehalem Bay State Park 캠핑장

절벽 위에서부터 길은 내리막이었다. 내리막의 높은 산 중턱 숲에는 모래언덕 Sand Dune 이 펼쳐져 있어서 내 눈을 의심하며 놀라기도 했다. 산 아래 만자니타 Manzanita 마을의 해안은 모래언덕 반도가 남으로 좁고 길게 뻗으면서 강을 막아 육지 깊숙이까지 작은 만을 만들었는데 네할렘 베이 Nehalem Bay 주립공원이었다. 모래언덕 반도는 바다 위로 나지막했고 온통 키 큰 솔밭이었는데 입구에 들어설 때는 비가 쏟아져서 옷이 젖었다. 5달러에 체크인을 하고 자전거용 자리에 텐트를 쳐놓고 근처에 있는 관광안내판 지붕 밑에다 줄을 걸고 젖은 옷들을 말렸다. 누가 시비하든 말든 굳이 시비하면 그때 치우기로 하고 저녁을 해먹고 곯아떨어졌다. 밤에 소나기가 많이 쏟아지며 빗소리가 요란했지만 텐트에 프라이를 미리 덮었고 바닥이 모래땅이니 얼마든지 쏟아져 봐라 하고 무시하며 잘 잤다. 프라이로 텐트 속 온도가 좀 올라갔지만 추웠다. 매일 땅바닥이 추운 게 가장 힘들었다.

○ 자전거 여행에서 겪게 되는 예상외의 문제들

출국을 준비하며 나름 철저히 파악한 대로 여기까지의 태평양 해안 길은 무난한 코스였다. 출발 이후 일주일쯤 달리니 몸은 매일 달리는 데 적응되고 마음도 자신감이 들고 있었다. 그러나 도시들 사이 구간 이 멀어지며 잠잘 곳을 찾고 식재료를 공급받기가 어려워지고 있었고 옷들을 더 사 입었지만 추위가 문제였다. 자동차로 여행한다면 비가 와 도, 추워도 차량 안에서는 문제가 안 되고 식당이나 호텔을 찾아 몇십 km라도 갈 수 있지만, 온몸을 노출한 채 하루에 겨우 70km를 이동하 는 자전거로서는 예측도 대비도 쉽지 않았다.

캠핑비: $5

베이 시티(Bay City)
제8일

○ 내 등을 긁어준 한국인 관광객

아침에는 밤새 내린 비로 텐트가 완전 젖어있었고 물이 줄줄 흘러서 말리느라 늦게 출발했다. 출발 얼마 후 길가 식당이 보여 들어갔는데 들어서는 순간 흐렸던 하늘에서 장대비가 한동안 쏟아졌다. 희한하게 잘도 피한 것이었다. 식사를 마치고 나설 때는 햇빛이 쨍쨍한 푸른 하늘이었다. 나는 유럽에서 라이딩하면서 이럴 때가 많았는데 미국에서도 또 겪었다. 나의 여정에 맞춰주는 하늘에 감사했다.

오리건주의 경치들이 점점 아름다워지고 있었다. 해안에는 아름다운 사구 砂丘, 만 灣, 석호 潟湖, lagoon 들이 곳곳에 있다. 그림 같은 철길도 있다. 중도의 관광지 맨해튼비치에서는 빵집에 들어갔다가 인천에서 꼬마 셋을 데리고 관광을 온 가족을 만났고 그 아빠는 며칠 전부터 너무 가려웠던 내 등을 아주 시원하고 기분 좋게 긁어주었다. 매일 찬 바닥에서 떨며 자느라 등이 불편하니 가려웠던 것이다. 기둥이나 어디 기대어 비빌 곳도 없어 참느라 힘들었는데 너무 시원하게 긁어주었다. 한국인끼리 아는 애로사항이었고 동일 생활문화에서 즉시 상통되는 교감이었다.

○ 오리건의 모래해안

　오리건 해안에는 며칠째 사구砂丘, sand dune 들이 수백km 계속되고 있었다. 사구 해안바닷가에는 가느다랗고 긴 모래기둥砂柱이 바다를 막아 만든 길고 폭이 좁은 만도 많고, 해안의 육지 속에 바닷물을 가두고 있는 석호潟湖 들, 또 내륙에 쌓인 모래땅 위에 물이 갇힌 크고 작은 사구호砂丘湖, dune lake 들도 많았다. 수많은 사구호마다 연꽃군락이 대단했다. 대형 댐처럼 넓은 사구호에는 까마득히 끝이 어디인지 안 보이게 펼쳐져 있었는데 연꽃들은 조그마했고 온통 만개해 있었다. 그런 호수들 사이로는 작은 관광열차가 다니고도 있었다.

　사주砂柱 는 해안을 따라 나란히 낮고 길게 엿가락 같은 모습으로 모래둑 자연방조제가 되어 바닷물을 막고 있었고 사주만 속에는 수심이 얕아 물고기 조개류 해조류들이 인공양식장처럼 풍요롭게 서식한다. 또 육지 위 모래언덕 속에 갇혀 생긴 크고 작은 사구호들은 둘레의 모래둑에는 숲이 울창했고 물속에는 연꽃들 갈대들 이름을 알 수 없는 온갖 물풀들로 저마다 아름다웠다. 오리건 해안은 바위절벽과 모래둑으로 다양한 아름다움을 무궁무진 연출하고 있었다.

○ 야시장에서 알파카(Alpaca) 털 담요를 사다

자전거를 달리다가 나타난 가리발디 Garibaldi 마을에는 야시장이 열리고 있었다. 이태리의 통일 영웅인 주세페 가리발디가 생각나서 어찌된 영문인지 순간 갸우뚱했다. 그 내력을 보니 1870년 이 지역의 첫 우체국장이 된 Daniel Bayley라는 사람이 그해에 이태리가 통일되었던 것을 기념하고 통일에 기여한 가리발디 장군을 존경하는 마음에서 우체국 이름을 가리발디로 정했고 그 후 이것이 동네 이름이 되었단다.

7월 마지막 주말인 동네 설립일을 기념하는 축제행사의 야시장이었다. 매일 밤 등바닥이 추워 떨고 자느라 편안한 잠을 못 자고 있었다. 바닥에 깔고 잘 수 있는 무엇이라도 있으면 무조건 사려고 찾고 있었는데 마침 에콰도르 사람이 파는 알파카 Alpaca 털로 만든 퀸사이즈 담요가 있기에 샀다. 부피가 좀 커서 짐이 되겠지만 밤에 등이 시린 불편보다는 나을 것 같았다. 이 남자는 핸드메이드라며 겨울철 LA에서는 200달러도 받는다고 80달러를 불렀지만 깎아서 70달러에 샀다

○ 텐트 속 매트

국내에서 비싼 조립식 침대를 사 가지고 나왔다. 그런데 번거롭고 불편하기가 그지없었다. 등과 땅바닥 사이가 뜨니 찬 공기로 등이 시리고 추웠다. 슈퍼에서 장을 볼 때 담아주는 종이봉투도 비닐봉투도 신문지도 모아서 다니며 침대 바닥에 깔아보고 여벌옷도 깔고 별짓을 다했다. 그래도 매일 추위로 떨었다. 더구나 비닐은 땀을 방출시키지 못해 침낭과 바닥에 깔고 자는 패딩의 거위털을 적셔 기능을 훼손시키기까지 했다.

값도 싸고 부피도 작은 플라스틱 매트가 최고인 줄 경험으로 잘 알고 있었던 나였는데도 출국 직전에 누가 좋다고 마구 강력하게 추천하는 바람에 믿고 비싸게 사온 것이었다. 후회에 후회를 했다. 이런 침대를 갖고 다닐 바에야 담요가 훨씬 낫다. 비좁은 텐트 속에서 각진 이 침대 위에서는 몸이 푹 꺼지니 뒤척일 수도, 엎드려서 책을 읽을 수도 없었고 4각으로 공간을 많이 차지하니 자전거패니어를 놓을 곳도 없었다.

유럽 라이딩 때는 등산점에서 파는 배낭 속을 형태를 잡아주는 고무깔판 두 장을 접어서 가방 바닥에 넣고 다녔는데 얇지만 냉기차단효과가 좋고 흙바닥에서는 딱딱하지도 않아 불편함이 없었다. 이번에는 이렇게 고생하다가 여기서 담요를 사게 된 것이다. 퀸사이즈라 넓으니 세 겹으로 접어 두툼하게 깔 수 있었고 그 후부터는 내내 아주 만족스러웠다.

○ Bay City 캠핑장

　가리발디 마을을 지나서 나타난 Bay City 마을 캠핑장에 들어갔다. 무릎 인대가 아파서 더 탈 수가 없었다. 5달러짜리 주립공원 캠핑장이 내 형편에 맞는데 10달러의 사설 캠핑장이었다. 다음 캠핑장이 20마일을 더 가야 있으니 어쩔 수 없었다. 네할렘 베이 캠핑장을 출발하여 Bay City까지 25마일 정도를 왔다. 지금까지 가장 짧은 하루 이동 거리였다. 왼쪽 무릎 인대에 통증이 계속 있었고, 1주일째 휴식 없이 계속 달렸더니 피로 누적을 느꼈다. 좀 쉬어주어야 했다.

○ 베이 시티의 The Fish Peddler 식당

　캠핑장 앞바다는 긴 사구반도 砂洲 로 막힌 틸라묵 베이 Tillamook Bay 였다. 큰 만이라 밀물 썰물에 따라 조류 흐름이 커서 소용돌이도 보였다. 바닷물은 푸르면서 아주 투명하여 깊은 속까지 보였다. 만에서는 굴, 게가 워낙 많이 잡혀서 유명했고 석양은 매우 아름다웠다. 바람도 강했다.

　캠핑장에서 가까운 The Fish Peddler 식당에서는 줄을 한참 서야 했다. 모두 굴, 게, 연어를 시켜 먹고 있었다. 나는 좋아하는 크램차우더도 시켰는데 정말 제대로 잘하는 집이었다. 조개살을 충실하게 넣었다. 며칠 전 아스토리아에서 먹은 것은 이에 비하면 말 그대로 흉내만 낸 것이었다. Fish burger도 먹었다. The fish of day로 만들었는데 생선 살 맛은 말을 잃게 만들었다. 식당 음식도 바깥 베이의 경치도 우리나라에 이런 곳이 있다면 관광객들로 야단이 날 텐데 한산하기만 했다.

휴식
제9일

하루를 쉬어야 했다. 무릎이 아팠기 때문이다. 8일 동안 매일 달려 피로누적도 있었다. 시애틀 스포츠용품 매장 REI에서 산 휴대용 의자가 아주 좋았다. 의자에 앉아 가져간 책도 읽고 잠도 자며 하루를 보냈다. 내일은 무릎이 좀 좋아지기를 바라면서 종일 움직이지도 않았다. 저녁식사는 어제의 식당에 다시 갔다.

퍼시픽 시티
제10일

○ 등을 세차게 밀어주는 뒷바람

　Bay City에서 Pacific City까지는 내내 아름다운 경치였다. 하루를 쉬었고 뒷바람이 세차게 등을 밀어주니 순조롭게 달렸다. 페달을 안 밟아도 오르막을 저절로 올라가는 것만 같았다. 이런 북서풍을 헤치고 북상하는 자전거가 가끔 보였다. 그 고생은 그들만이 알 것이다. 바람은 하늘에 맡길 일이기도 하지만 미리 체크하지 않는 것은 큰 실수다. 여름철에는 알래스카만의 차갑고 무거운 공기가 태평양연안 산맥에 막혀서 남쪽으로 밀고 내려온다고 했다. 기본정보인 것이다. 그들은 그 역풍을 즐기는 것인지도 모른다.

　소도시 틸라묵 Tillamook 에는 대형쇼핑몰이 있었다. 틸라묵은 미국의 유명 축산품 산지였다. 치즈, 아이스크림, 건조 소고기, 요구르트 등이 유명했다. 이곳 생산품은 미 전역에 공급된다. 주변 수십km 지역에서 주민들 모두가 이곳으로 몰려오는 생활중심지였다. 몰에서 휴식하며 식사를 했다.

○ 조개잡이의 아름다운 네타츠 만(Netarts Bay)

틸라묵의 남쪽해안은 Netarts Bay였다. 여기도 가늘고 긴 모래둑 沙洲, sand bank 이 해안을 막아 생긴 얕은 만이었다. 낮은 모래둑 위에는 나무들이 무성한 숲이 있었다. 북쪽의 둑 끝은 흰 백사장이 빛났고 그 너머 바다에는 돔 dome 같은 커다란 바위 세 개가 떠 있었다. 바다 위에는 구멍이 난 바위도 있었다. 썰물로 만 속 바닥이 모두 드러나 보이며 육지호수에서처럼 물풀들이 펼쳐져 있기도 했고, 드넓은 모래바닥과 그 사이로 흐르는 몇 줄기 새파란 물길들은 은은하게 아름다웠다. 조개 캐는 사람들이 많았다. 새들도 조개를 파먹고 있었다. 만은 온갖 생명체들의 풍요로운 산실이었다.

조개의 종류, 잡을 수 있는 크기와 숫자를 제한하는 안내판들이 있었다. 조개 보호구역이었다. 한국어가 영어와 똑같은 크기로 표기되어 있었다. 국력을 대우하는 것이 아니라 한국인들이 별나게 잡고 위반자가 많기 때문일 것이다. 스페인어 베트남어 표기도 있었지만 크기가 아주 작았다.

○ 아름다운 해안 경치들

  오리건 바닷가에는 그림 같은 바위들, 모래 언덕들, 눈부시게 하얗고
긴 모래해안들, 가늘고 긴 모래둑이 만든 만과 호수가 자꾸 나타났다.
남쪽으로 갈수록 해안에는 높다란 모래산 Sand Dune 들이 있었고 모래
비탈을 오르내리는 사륜바이크 ATV-All Terrain Vehicle 들과 오토바이들
의 고출력 엔진 소리가 시끄러워졌다.

○ 사구(Sand Dune)

남쪽으로 갈수록 자전거가 점점 많아지고 경치도 더 아름다워졌다. 바다에 서있는 크고 작은 바위들과 바위에 부딪히며 부서지는 파도와 하얀 모래해변을 따라 이어지는 흰 포말들과 푸른 하늘이 색상대비로 조화를 이루며 아름다웠다. 혼자 다니는 사람은 나뿐이었다. Netarts 에서 Pacific City까지 사이에는 산이 무척 높아서 몇km나 되는 비탈에서 타다가 내려서 끌고 걷기를 반복했다. 무릎에 조심하며 키가 수십m나 되는 숲 속 산비탈을 등산하듯 올라가니 전망대 Cape Lookout Viewpoint였다. 지나온 네타츠 만이 멀리 보였다.

네타츠 만은 모래둑이 바다를 막고 있었고 해안의 하얗게 빛나는 백사장은 수평선 속으로 들어가며 사라지고 있었다. 바다에는 저 먼 수평선 속까지 하얀 포말이 백사장과 나란히 겹겹으로 밀려오고 있었다. 조개 잡는 사람들도 바위들도 아련히 작게 보였다. 전망대 남쪽해안은 길고 하얀 백사장이 눈부신 포말 띠와 함께 뻗어가다가 멀리서 구름 속에 가려지는 모습이 장쾌했다.

내리막길은 몇백m 높이의 산 위까지도 砂丘들이 올라와 넓게 펼쳐져 있었다. 신기했다. 산 밑에는 모래육지 위에 형성된 호수 Sand Lake 들이 여기저기 있었다. 여기 사구들은 모두 ATV를 타는 레크리에이션 지역이었다. 도로이름도 Sandlake Road였다. 높은 산이 된 사구는 아스팔트 도로에 바짝 붙어 이미 조금씩 덮고 있어서 길은 언젠가 모래에 깊이 묻히고 폐쇄되고 말 것 같았다. 바람에 가는 모래가루가 뿌옇게 날리고 있었고 눈을 뜰 수 없었다. 완전히 눈을 감듯이 실눈을 뜨고 안경의 렌즈를 반복 닦아주고 버프를 써서 콧구멍을 막아야 했다.

○ Pacific City & 캠핑장

　파란 하늘 아래 푸른 바다 위로 눈부시게 하얀 포말들이 겹겹이 밀려오는 기나긴 백사장을 따라 달리다 보니 퍼시픽 시티였다. 여기는 유명한 곳이라 도로도 해안도 자동차들로 만원이었다. 앞바다에는 코끼리 머리와 코처럼 생긴 바위가 멋있었다. 해안사구는 사륜바이크 ATV들의 천지였다. 캠핑장은 도로 가까이에 몇 개나 있었는데 모두 만원이었고 호텔 또한 만원이라 전화를 걸어보았지만 받지도 않았다. RV캠핑장에 가서 구석에 텐트를 좀 치자고 사정을 했더니 해주고 싶어도 불법이라 신고당할까 봐 못한다 했다. 다음 캠핑장은 20마일을 더 가야 있었다. 인포메이션 센터에 물어봐도 마찬가지였다. 난감하고도 당황했다.

○ 잠잘 자리 찾기

　백사장으로 다시 가서 1박 할만한, 몸을 좀 가릴 수 있는 공간을 찾고 있었다. 텐트를 못 치게 하면 프라이를 덮고 비박 bivouac 할 생각이었다. 노인 한 분과 마주쳤다. 그가 내게 다가왔는지 내가 그에게 다가갔는지 모르겠다. 내 처지를 먼저 알아본 것은 분명했다. 내가 말을 걸기도 전에 "나를 따라와라!" 했다. 그가 알려준 곳을 찾아가기도 쉽지 않았다. 헤매며 못 찾을까 당황도 했다. 몇km 내륙 안쪽에 위치한 Woods County Campground라는 곳이었다. 그는 나 같은 처지의 사람을 사냥하러 나갔던 것 같았다. 캠핑장 코너의 집에서 살고 있었고 관리인 겸 땅주인인 듯했다.

　이런 카운티 캠핑장은 처음이었다. 할리데이비슨 오토바이로 여행하는 남자 하나가 먼저 텐트를 쳐놓고 있었다. 나와 둘 뿐! 그는 미시간 사람인데 여름마다 내내 돌아다닌다고 했다. 텐트부터 쳐놓고 한국 시골 같은 재래식 화장실에서 볼일도 보고 나니 20달러를 내라고 했다. 화장실에는 세면기도 물도 없었다. "샤워장이 없습니다, 전기, 수도, 화장실은 있는데요!" 그 노인은 태연하게 말했다. 이럴 수가! 그러나 다른 방도가 없었다.

　이런 지경이 되니 갑자기 외로워졌다. 멀리 슈퍼를 찾아가 술과 고기를 사 왔다. 캠핑장에서는 숯을 무료로 주었다. 고기를 구우며 와인을 벌컥벌컥 다 마셨다. 미시간 남자는 61세, 그의 아들은 18개월을 한국에서 공군으로 복무했고, 자신은 헬기 추락사고로 크게 다쳐서 잘 나가던 군대를 포기했단다. 영웅이었단다. 여름에는 오토바이로 전국을 돌아다닌단다.

○ 너구리(Raccoon)

　밤중에는 수달 같은 짐승이 고기냄새를 맡고 내 텐트를 계속 긁어 대서 잠이 깼다. 텐트를 열고 나가 잔돌을 던지며 쫓아도 도망가지도 않고 가까운 나무 밑에 숨었다. 빈 물병을 던지니 달아났다. 그리고 나서 잠을 설쳤다. 아침에 오토바이 남자는 수달이 아니라 너구리라고 했다. 캠핑장마다 무척 많으며 위험하지는 않다고 했다.

Part 2

베버리 비치(Beverly Beach)
제11일

○ 비싸기도 하고 오래 기다리게 되는 레스토랑

아침식사는 어제 장을 봤던 길가의 레스토랑에서 먹었다. 휴양객이 많아 다행히 내가 들어간 뒤부터 금방 줄이 길어졌다. 음식 나오는 데도 오래 걸렸다. 카페에 가면 금방 먹을 수 있는데 식탁에 보를 깐 식당은 서비스는 좋지만 값도 비싸고 음식이 나오는데도 시간이 더 걸리는 법이다. 들어갈 때는 손님 상황도 살펴 얼마나 기다리게 될지를 생각해야 한다.

○ 사구해안 언덕의 모래호수

이날 코스는 해안산비탈 중턱까지 모래언덕이 올라와 쌓여있었고 모래언덕 사이에는 사구호 砂丘湖, Sand Lake 가 숨어있었고 호수 둘레 둑에는 야생화들이 지천으로 피어있었다. 모래호수의 끝에서 사구 모퉁이를 돌아서니 호수는 드넓은 습지로 바뀌었고 그 위로는 울창한 갈대숲바다였다. 갈대숲바다 위로 흰 구름이 흩어져 있는 하늘은 깊은 물속같은 청색이었다. 모래호수 산비탈 아래 바닷가에는 바닷물에 금방 잠겨 사라져버릴 듯한 희고 가늘고 긴 모래 둑이 만을 만들고 있었다. 만속 물 위로는 모래줄기 몇 가닥이 길게 드러나 있고 그 끝에는 네 개의 작은 바위형제들이 줄을 서 있었다. 산 밑에서 하얗게 빛나는 넓은 백사장에는 흰색의 휴양건물들이 줄지어 있었다.

만 남쪽으로 구릉을 넘어가니 좁고도 짙푸른 강이 만 속으로 흘러들어가고 있었다. 썰물로 드러난 강바닥에는 껍질이 벗겨져 하얗게 빛나는 나무 그루터기들이 흩어져 있었다. 강둑에는 별장들도 많았다. 멀리 물이 낮아진 만 속에는 물길과 모래바닥이 S자를 만들며 꿈틀대고 있었고 그 위로는 뿌옇게 물안개가 일고도 있었다.

○ 고래들이 놀고 있었다

해안 자전거길은 다시 101번 도로 Oregon Coast Highway 를 타는데 대형 트럭들과 RV들이 많아졌다. 무릎은 밤낮으로 약을 바르고 마사지를 해댔더니 덜 아팠다. 3마일이나 되는 산비탈 길에서는 무릎 때문에 경사도가 높은 그중 2마일을 자전거를 밀고 걸었다. 비탈은 힘들고 무릎이 아프지만 높을수록 경치가 좋아졌다.

산을 올라가는 비탈길은 복잡한 101번을 벗어나서 차 소리도 안 들리는 조용한 거목숲 속을 구불구불 몇km 가기도 했다. 숲 사이 발밑에는 까마득한 벼랑 협만이 있었고 그 바다에는 고래들이 등으로 물을 뿜고 있었다. 눈을 의심하며 깜짝 놀랐다. 다시 보니 큰 고래들이 여러 마리였다. 이렇게 육지에서 큰 고래들을 보다니! 이곳은 고래보호구역 **Depoe Bay** Whale Cove Habitat Refuge 라는 곳이었다. 바로 다음 전망지점 Rocky Creek 에 이르자 그새 바다는 안개로 덮이고 있었고 고래들을 더 볼 수가 없었다. 해안 날씨는 이렇게 하루에도 수시로 변화무쌍했다.

○ 모래가 만든 해안의 경치

해안경치는 역시 바위가 많고 높은 곳이 전망도 좋아 아름답기 마련이다. 산을 내려가며 먼 내륙에는 커다란 사구호수 Dune Lake 도 보였고 야생화들이 널브러진 해안벼랑 위에는 휴양별장들이 있었다. 모래언덕 Sand Dune , 모래호수 Sand Lake , 모래습지 Sand Werland 와 작은 만들로 채워진 해안이었다. 오리건 해안은 강한 태평양 바람과 파도가 모래를 끝없이 몰아오는데다 해안도 융기되면서 만과 모래호수들이 만들어진다. 해안에도 강바닥에도 모래가 다 사라져가는 우리나라와는 다르다.

도로가 내륙으로 들어가니 길 양쪽으로 여기저기 작은 사구호수들이 나타났다. 투명한 물속에 잠긴 채 드러누운 나무 그루터기들과 물풀들이 정취가 있었다. 호수를 다리로 건너기도 했다. 드넓은 사구호수에는 연꽃들, 이름 모를 수생잡초들로 가득했다. 사구가 태평양을 막은 넓은 만 속의 내해는 썰물로 바닥이 드러나며 흰 모래와 작은 바위 섬들이 환상적이었다. 이런 해안경치들을 볼 수 있는 곳은 오리건 여기뿐이 아닐까 생각했다. 아름다운 경치에 말을 잃었다.

○ Otter Rock 마을의 Beverly Beach 캠핑장

해안은 다시 안개로 흐려지고 있었다. 안개 속을 달려 Beverly Beach State Park에 체크인했다. 자전거 자리는 바다가 안 보이는 안쪽 산 중턱이었다. 6달러에 샤워장 더운물은 무한정 나왔고 텐트자리에도 전기 수도를 갖추고 있었다. 나 같은 자전거 캠핑자들이 많았다.

　캠핑장 입구의 해안언덕 슈퍼는 라면도 소고기도 파는데 주인이 한
국교포 남자였다. 휴가철의 6달만 문을 열고 비수기 6달은 폐쇄해놓고
자기는 낚시도 하며 놀러 다닌다고 또 부인은 라스베가스에서 일을 한
다고 말했다. 소금물을 품은 강한 해풍으로 건물도 외부간판도 부식이
워낙 심해 감당이 안 된다고 했다. 여기서 고기를 사다가 구워먹었다.
그러나 캠핑장은 바람기운도 못 느끼는 잘 가려지는 조용한 곳이었다.

자전거 고장
| 제12일 |

○ 자전거 고장

　아침, 짐을 꾸리고 캠핑장 비탈을 내려가는데 못 듣던 '드르륵 드르륵' 소리가 났다. 자전거를 세우고 보니 뒤쪽 짐받이 Rear Rack 포스트 연결부위가 부러져서 스프라켓 기어 과 부딪히며 나는 소리였다. 순간 난감했다. 캠핑장 오피스에서는 11마일 거리의 뉴포트 New Port 에 가면 자전거 숍이 있다고 했다. 짐을 맡겨놓고 빈 자전거로 가서 고쳐 와야 했다. 자전거 숍이 그렇게 멀지 않아 다행이었다. 고치고 나서 오후에는 출발할 생각을 했다.

　내 자전거에 부착돼있던 랙은 18kg 이하로 제한된 허약한 것이었다! 나는 이것도 모른 채 30~40kg의 짐을 달고 그동안 유럽, 호주, 국내에서 1만 몇천km를 달렸고 또 여기 미국에 와서도 1,000km를 달리고 있었다. 숍에서는 이런 것을 달고 어떻게 다녔냐고 놀랐다. 이렇게 엉터리로 제작하고 또 팔아먹는 업자들이 문제다. 40달러를 주고 새 랙을 달았다.

　북풍이 엄청 셌다. 숍으로 갈 때는 페달을 안 밟아도 속도가 20km를 넘게 나오는 남행이었지만 돌아올 때는 북풍 앞바람이었고 풍속이 34km였다. 자전거를 고쳤을 때는 아직 오전이었는데 바람이 좀 잠잠해지기를 종일 기다리다가 결국 저녁 6:15에 캠핑장까지 버스를 탔다.

버스조차 무섭게 휘청거리는 바람이었다. 북쪽으로 가는 사람들은 몸을 구부려 걷는데도 휘청거리고 있었다. 다시 어제의 그 자리에 텐트를 쳤다. 이렇게 하루를 다 까먹고 말았다. 오리건의 태평양 바람은 자주 이렇다 한다.

워시번 공원(Washburne Memorial State Park)
제13일

○ 뒤를 밀어주는 강풍을 타고 아름다운 해안을 달리다

아침 출발 때는 잠잠했으나 다시 강풍이었다. 고개에서는 뒤에서 불어오는 강풍에 밀려 저절로 올라가는 느낌이었다. 바람이 잔잔할 때는 바다도 하늘도 맑은 푸른빛이었다. 맑고 푸른 하늘색과 바다색이 서로를 담고 또 반영시키고 있었다. 푸른 하늘과 짙은 청색 바다 사이의 먼 수평선 하늘에는 짙은 띠구름이 바닷물에 내려앉을 듯 낮게 내려와 수평선을 따라 달리고 있었다. 그 구름 밑으로 수평선은 멀리까지 선명했다. Seal Rock해안은 도로가 관목 숲 아래의 흰 백사장은 눈부셨고 바깥 푸른 물 위에 늘어선 수많은 검은색 바위들과 그 둘레에 겹겹이 펼쳐지며 밀려오는 흰 포말 경치는 숨을 멈추게 했다. 밝은 햇빛 아래 백사장도 물 위에 떠있는 바위들도 상쾌하고 눈부시게 빛났다.

Alsea Bay 해안에 길게 펼쳐진 모래언덕 위에는 리조트가 있었다. 만의 푸른 물속에는 바닥이 드러나며 눈부신 백사장이 길게 휘어지며 펼쳐져 있었다. 해안의 높은 모래산을 돌아서자 내륙에는 작은 모래호수가 여기저기 만들어졌고 호수에는 하얀 꽃을 피운 수련군락이 무성했다. 물속에 쓰러져 드러누운 나무그루터기에 붙은 가지들은 아직 그대로 물 위로 솟아있기도 했다.

길은 다시 바닷가로 나갔고 짙푸른 만을 건넜다. 만 속 푸른 물 사이에는 널찍한 모래바닥이 얇은 물을 담은 채 둑을 따라 휘어지며 펼쳐졌고 멀리 수평선 높이로 하얗게 빛나는 백사장 둑에는 별장들이 늘어서 있었다.

흰 포말의 낮은 물결이 넓은 폭으로 겹겹이 백사장으로 밀려오고 있었다. 푸른 하늘 아래 검은 바위들과 눈부시게 흰 모래해안과 흰 포말 물결로 이어지는 해안이 계속되었다. 그러다 어느새 바람이 강해지며 하늘도 바다도 뿌옇게 흐려지고 바다도 해변 높은 백사장까지도 거칠어지고 분주해진 흰포말로 뒤덮였다. 바람이 강해져서 춥기까지 했다. 자전거는 그만큼 속도가 생겼다.

400만원으로 60일간 美 태평양을 달리다

○ 거목 숲 속 캠핑장

캠핑장을 선택할 때는 슈퍼가 있는 동네의 캠핑장을 1순위로, 슈퍼에서 멀지 않은 진행방향의 캠핑장을 2순위로 골랐다. 이날은 슈퍼가 있는 Yachat 동네의 캠핑장을 찾아갔으나 자전거를 받지 않았다. 장을 보고 10마일을 더 가서 바닷가 산비탈 울창한 숲 속의 Washburne Memorial State Park에 들어갔는데 또 자리가 없다며 나가라고 했다.

숲 속에는 많은 샛길이 있었고 샛길 양쪽에는 RV나 텐트들이 자리잡고 있었다. 이 넓은 숲 속 어디에 얼마든지 텐트를 치고 하룻밤은 잘 수 있을 것 같았다. 숨어 잘 곳을 찾아 돌아다니다가 공원직원을 만났는데 다시 물어보니 먼 구석 외딴곳에 hiker/biker 캠핑장이 있다며 알려주었다. 아까의 공원 오피스직원은 왜 제대로 안 알려주었는지 이상했다.

깊은 숲 속이었지만 바닷가 비탈이라 바람이 심했다. 어제 아침 베버리 캠핑장에서 헤어졌던 캐나다인 가족을 또 만났다. 그들은 이틀 걸려 왔지만 나는 하루에 왔다. 부인은 배터리자전거를 타는데 큰 배터리를 밤새 화장실 전원에 꽂아 충전시키고 있었다. 이쪽 해안은 며칠째 전화 통신이 안 된다. 좀 큰 마을에 들어가도 다 안 되고 있다. 통신사마다 서비스 지역에 차이가 있다.

캠핑비: $0

움쿠아 등대 공원
(Umpqua Lighthouse State Park)
제14일

○ 바다사자들의 서식 동굴(Sea Lion Cave)와 끝없는 모래 산들

아침에는 캐나다 팀도 같이 출발했다. 그들은 힘이 좋아 나보다 훨씬 빨랐다. 캐나다 노바 스코시아에서 밴쿠버까지 8,000km를 횡단했다는 사람들이다. 이날 해안코스는 높은 산이 많아 몇 개나 넘어야 했다. 전망 좋은 높은 바위산의 저 아래로 보이는 절벽의 구멍들은 물범들이 새끼를 키우는 동굴이었다. 바닷물이 드나드는 동굴이 산 밑에서 속으로 깊숙이 나있고 바다사자들의 서식처 Sea Lion Cave 였다. 구경할 시간도 없으니 패스했다.

고개에서 바라보이는 남쪽은 백사장이 직선으로 멀리 수평선 속으로 뻗어있고 백사장을 따라 바다에는 나란히 두 폭의 흰 포말이 달리고 내륙에는 높고 낮은 모래언덕들이 이어졌다. 여기서부터는 높은 산 중턱에도 해안에도 낮은 내륙에도 넓고 긴 Sand Dune이 계속되었다. 도로가 다 묻힐 지경이다. 모래가 워낙 날려 눈을 제대로 뜰 수 없었다. 버프를 쓰고도 눈을 완전히 감듯이 가늘게 뜨고 달려도 모래가루가 눈에 들어왔다.

　오리건의 해안 수백km에는 태평양에서 밀려오는 모래가 한없이 쌓이고 있었다. 짙푸른 하늘 청색 태평양에 대비되면서 이렇게 쌓인 하얀 모래해안은 부서지는 흰 포말들과 함께 눈부셨다. 모래가 많이 쌓여 해안 사구와 얕은 만이 곳곳에 형성되니 항구가 발달할 수 없다. 오리건은 공업이 발달하지 못하고 임업, 목축업이 비중을 차지하는 이유가 될 것이다.

○ 넓은 사구호수의 수초들과 연꽃들

　같은 캠핑장 옆자리에서 이틀을 보냈던 밴쿠버 노인부부와 아들부부
팀과 잠시 합류했다가 이 해안에서 헤어졌다. 모래산 아래 내륙에는 푸
르고도 넓고 넓은 사구호들이 몇 개 있었다. 연꽃들 물풀들이 장관을
이루고 있었다. 모래산과 모래언덕에 갇힌 호수와 늪지들은 모두 개구
리풀이 뒤덮었고 드러누운 나무그루터기들, 연꽃들, 이름 모를 물풀들
이 끝없이 펼쳐져 있었다. 얕은 바다 위에 모래가 물을 막고 또 쌓여서
산이 되고 해안도 융기되며 만들어진 땅과 그 땅 위의 호수들이었다.
물도 나무도 많은 사막지대 같았다.

○ Umpqua Lighthouse State Park에서

원체스터 베이의 모래습지 Reedsport를 지나고 산비탈을 올라가니 해안으로 내려가는 캠핑장 표시가 있었다. 캠핑장은 레드우드 숲 속이었고 숲 아래는 모래언덕이 높게 쌓여 산맥처럼 된 사구해안이었다. hiker/biker 자리에서는 화장실 샤워장을 가자면 심한 비탈을 수백m씩 멀리 내려가야 했다. 텐트자리는 평탄하지도 넓지도 않았다. 거목들 사이의 자연 그대로의 공간에 텐트를 끼워넣듯이 쳐야 했다. 숲 아래 사구에서는 밤중에도 사륜오토바이 소리가 시끄러웠다.

어두워지며 짙은 안개가 밀려왔다. 빨래를 해서 줄을 치고 걸었다가 미련 없이 즉시 걷었다. 며칠째 밤마다 짙은 바다안개가 덮고 있었다. 바다안개는 물방울이 굵고 워낙 차가워 오한을 느꼈다. 빨래는 절대로 말릴 생각을 못했다. 꽉꽉 짜서 걸었던 빨래가 금방 다 젖어 물이 뚝뚝 떨어지고 있었다.

캠핑비: $5

비포장 샛길에서 노숙, 곰과 자동차의 공포
제15일

○ 찰스턴(Charleston)은 또 주말이었다

움쿠아 공원을 출발하면서부터 심한 비탈이었다. 자전거를 밀며 비탈에서 아침 시작부터 땀에 흠뻑 젖었다. 산을 나와 101번 도로에 들어서니 트레일러를 연결한 대형트럭들 대형RV들이 무서웠다. 엄청 큰 RV를 운전하는 사람들은 노인이나 젊은이나 모두 바깥경치를 구경하느라 운전에 집중하지 못해 갓길의 자전거를 스치듯 달리는 경우가 많았다. 무서웠다.

바닷가로는 높다란 사구들이 수십km 계속되었다. 강풍에 날리는 모래 때문에 매일 실눈을 뜨고 달렸다. 노스 벤드 North Bend 시내로 건너가는 높고도 긴 쿠즈만 Coos Bay 다리에서는 강풍에 휘청휘청 무서워 조심조심했다. 넓은 이곳에도 높은 사구들이 만을 금방 매울 듯 밀려오고 있었다.

○ 내 자전거를 보고 따라 달리는 숲 속의 사슴

찰스턴에서 자전거지도를 보고 Sunset Bay State Park 캠핑장을 찾아갈 때는 산길을 오르락내리락하는데다 바람이 너무 강해 자전거가 수시로 휘청거리고 쏠려 무서웠다. 달리는 내 자전거를 보고 도로변 숲에서 놀던 사슴들이 갑자기 나와 경쟁하듯 따라 달리기도 해서 웃기도 했다. 재미있는 사슴이었다. 산을 힘들게 올라서고 나서도 해안까지는 10마일이 더 남아있었고 심한 내리막이었다. 내일 거꾸로 올라올 생각을 하니 끔찍스러웠다. 그렇게 해야만 될 이유가 없었다. 이럴 때는 빨리 상황을 판단하고 행동을 결정해야 된다. 포기하고 되돌아왔다.

○ 숲 속 비포장 길에서 노숙(露宿)하며
  곰을 피하려고 모기향을 피우다

찰스턴 시내로 오니 생각도 못했던 주말이었다. 모텔은 모두 만원이었고. RV캠핑장은 자전거를 받지도 않았다. 한 모텔 주인은 나에게 4마일 남쪽 Winchester Trail 입구에 가면 텐트를 칠 수 있을 것이라고 했다. 그 말을 믿고 가며 아무리 살펴봐도 비슷한 곳은 없었다. 사람그림자조차 없는 깊은 숲 속 도로였다. 그러던 중 도로 옆 숲속에 나있는 비포장 흙길을 발견했다. 키 큰 나무들과 잡목들로 빈틈없이 빽빽한 숲속에서 이렇게 널찍하고 평평한 공간은 또 있을 것 같지 않았다. 혹시 차가 다닐까 중앙을 피해 텐트를 쳤다. 물을 챙기지 못해 밥은 할 수 없었다. 물 없이 찰스턴에서 사온 소고기를 구워먹었다. 곰이 냄새를 맡고 올까 무서워 찌꺼기는 멀리 가서 버렸고 냄새를 없애려고 모기향 몇 개를 사방에 동시에 피웠다. 그 효과였는지 밤에는 짐승들 기척을 느끼지 못했다. 텐트 옆으로는 밤새 차가 한 대도 안 지나간 것 같았다. 내가 누워있는 텐트를 깔아뭉개고 지나갈까 무서웠는데도 곯아떨어져 자느라 몰랐던 것일까?

물이 없으니 아침밥도 못했다. 달리면서 마셔야 할 물만 겨우 조금 있었다. 그러나 씻지를 못했을 뿐이지 지금까지 가장 좋은 잠자리였다.

떠들어 잠을 깨우는 사람도 없었다. 바닷바람도 안개도 없어서 며칠 못 말린 채 쑤셔 넣고 다니던 빨래도 줄을 치고 잘 말렸다. 아주 훌륭한 노숙이었다.

숙박비: $0

포트 오어포드(Port Orford)
제16일

다음 날 세수도 못하고 조금 남은 마실 물을 아끼며 달렸다. 101번 도로는 계속 내륙길이었다. 노숙이라 전화기도 카메라도 충전을 못했다. 카메라를 꺼낼 경치도 없었다. 종일 사진은 강을 지날 때 한 컷을 찍은 것이 전부였다.

강 남쪽 푸른 강물가로는 낮은 모래땅이 길게 뻗어 그 끝이 수평선 바다에 닿아 있었다. 수평선까지 뻗어나간 낮은 모래땅 위에는 군데군데 푸른 나무들이 모여 있었다. 푸른 강물과 하늘이 맞닿은 수평선에는 아주 낮은 모래언덕이 보일 듯 말 듯한 하얀 선으로 빛나고 있었다. 그 수평선 모래언덕은 북쪽으로 점점 높아지고 커지며 산으로 연결되는 푸른 숲이었다. 도로 밑 둑에는 노랗게 마른 풀숲이 있었고 풀숲 옆 푸른 강물 둑에는 폭풍에 넘어지고 꺾어지며 뿌리가 드러나서 톱으로 잘린 나무 밑둥치들, 굵은 나뭇가지들이 껍질이 다 벗겨져 하얗게 쌓여 있었다. 나무들의 하얀 유골들이었다. 하얀빛은 노란 풀들과 둘레의 녹색 나뭇가지들과 푸른 강물과 강물 옆 긴 모래 둑과 어울리고 파란 하늘은 청아했다.

오어포드 포구 캠핑장에 체크인을 했다. 캠핑장 주인은 술에 취해 있었고 나와는 마주칠 때마다 악수를 세 번씩이나 하면서 Honey라고 불렀다. 남편은 나이 차가 있는 노인이었는데 오피스 밖으로 나올 때에도 코에 호스를 연결한 산소탱크 카터를 끌고 다녔다. 주인의 그런 행동을 이해할 만했다. 저녁을 먹으러 갔던 식당에서는 중무장을 한 경찰 여럿이 식사를 하면서 바깥에는 차량에서 교대로 경계를 서고 있었다.

캠핑비: $7

골드 비치(Gold Beach)의 Hunter Creek
제17일

○ 매일 달리는 환상적인 해안

Orford에서부터는 해안은 다시 환상적으로 아름다웠다. 바다의 크고 작은 바위들은 떠다니는 듯했고 하얀 백사장과 푸른 하늘과 파란 바다와 흰 포말 속에 어울리며 입을 못 다물게 했다. 나는 이런 아름다움 앞에서 표현능력이 없었다. 그저 사진만 찍어야 했다. 내가 할 수 있는 전부였다. 날씨는 보기에는 평화로웠지만 맑은 하늘에 북풍이 무척 심했다. 바다 속으로 돌출된 저 끝 바위에도 도로 밑 절벽해안 백사장에도 바람 속에서 걷는 사람들이 있었다. 멀리 가까이 바다 위에 옹기종기 떠있는 둥글고 뾰족하고 바다사자 같기도 하고 공 같기도 한 크고 작은 바위들이 수없이 많았다.

로우그 강 Rogue River 의 패터슨 브릿지를 건너 Gold Beach 마을에 도착했다. 강에는 가라앉은 난파선을 관광물로 활용하고 있었다.

○ 24달러의 비싼 캠핑장

슈퍼에서 장을 보고 시내의 동북 방향인 Rogue강가 캠핑장을 찾아가다가 내일 다시 돌아 나오는 것이 싫어 진행방향인 남쪽에 있는 Hunter Creek 캠핑장으로 왔다. 바람이 적은 분지 속 사설 RV캠핑장인데 텐트는 나 혼자였다. 24달러나 받았다. 캠프사이트에 전원이 없어 충전은 먼 화장실까지 가서 해야 했다. 화장실과 샤워장이 4성 호텔급이었다. 모텔보다 훌륭한 캠핑장이었다. 인상적이었다.

캠핑비: $24

브루킹스(Brookings)
제18일

○ 높은 절벽 위 오리건해안 자전거길(Oregon Coast Bike Route)

아침 출발부터 5km나 업힐이었다. 거의 절반은 자전거를 끌고 올랐다. 왼쪽 무릎이 아직도 아팠다. 큰 업힐을 넘은 다음에도 2~3km씩 올라가는 업힐이 4개나 더 있었다. 고개는 높은 절벽 위로 올랐다가 해변까지 내려오기를 반복하는데 곳곳마다 Scenic Viewpoint라는 표시들이 있었다. 다 가볼 수가 없었다. 멀리서라도 보려고 했지만 숲 속으로 도로에서 먼 곳, 계단 길도 있어서 사진 한 컷도 못 찍고 포기한 곳이 많았다. 좋은 경치들을 다 볼 수 없어 아쉬웠다. 더 긴 일정으로 라이딩을 한 번 더 가야 할 것 같았다.

산을 내려와 달리는 해안도로도 입을 못 다물게 했다. 길은 물결에 밀리듯 구불구불 해안을 따라 넘실대며 달렸다. 겹겹이 밀려오며 눈부시게 펼쳐지는 포말 속 바다 위에 떠있는 온갖 모습의 바위들은 사파리 공원의 짐승들을 닮았다. 대장 바위, 가족 바위, 새끼들 무리 바위, 외톨이 바위, 드러누운 바위, 머리만 내놓고 헤엄치는 바위, 백사장에 올라앉아 잠자는 바위 등 제각각이었다. 바람이 무척 강한 날씨였다. 그 물가를 걷는 사람도 몇이 있었다.

이 코스가 오리건에서도 가장 아름다운 해안일까? 고개가 높으면 힘들기 마련이지만 그만큼 경치가 있게 마련이다.

○ 바다 캔버스의 흰 포말과 바위들

산비탈을 한참 내려가 다시 해안을 달렸다. 해안도를 따라 짙푸른 물을 담은 좁은 모래호수가 길게 붙어 있었고 모래호수의 바깥 바다는 흰 포말이 뒤덮고 있었다. 낮고 긴 모래둑이 밀려오는 흰 포말 바다를 막아 모래호수를 만들며 해안과 나란히 달리고 있었다. 모래둑에는 꼬마시절 내가 뙤약볕에 뜨거워진 모래를 피하느라 밟고 다니며 뒹굴기도 했던 온갖 모래풀들이 펼쳐져 있었다. 풀들 속에는 뿌리를 캐먹었던 해방풍도 섞여있었다.

그러다 길은 다시 소나무 숲 속 산길을 올랐다. 숲 사이로 보이는 벼랑 아래 푸른 바다는 작은 파도가 한 개씩 가끔 보일 뿐 물결도 없었다. 그러나 바람이 강했다.

강한 바람으로 바다 가운데의 바위들은 흰 포말을 만들며 포말꼬리로 푸른 캔버스 위에다 흰 무늬를 현란하게 그리고 있었다. 넓은 바다 위에는 흰 포말 띠들이 넓은 간격으로 저 멀리까지 어렴풋이 길게 이어진 채 머물고 있었다.

가까운 바다에 떠있는 각양각색의 크고 작은 바위들은 흰 포말 띠들을 방향도 순서도 없이 자유자재로 드리우며 멀리까지 펼쳐놓고 있었다.

돌출된 벼랑 사이 협만의 바위들에서는 미풍 속에 내던져져 흐트러지며 휘날리는 실타래처럼 하얀 포말 띠들이 겹겹이 풀어져서 뒤얽히며 역류와 순행으로 휘돌기도 하고 교차하며 풀어져 푸른바다 위에 수를 놓고 있었다. 물가의 큰 바위는 부딪혀오는 작은 파도들을 폭포수의 하얀 포말처럼 만들어 넓은 해변 위를 펼쳐 덮고 있었다.

푸른 바다는 드넓은 캔버스였고 그 위에는 넓은 간격으로 그어진 여러 개의 긴 직선들, 구불구불 마구 휘저어 그어놓은 흰색의 굵은 유화 물감 줄들이 살아 움직이고 있었다. 눈을 씻고 일일이 세듯이 포말줄기 하나하나를 살펴보느라 시간 가는 줄 몰랐다. 처음 보는 놀랍고 아름다운 연출이었다.

○ 슈퍼에서 만난 옛날 판문점 근무 미군 퇴역자

비탈이 많아 길이 힘들기도 했고 경치가 좋은 곳이라 대형 RV 등 차량이 많아 위험하기도 했다. 앞에 보이는 넓은 곳까지 빨리 달려 뒤쫓아 오는 차량들을 피하려니 오르막에서도 내리막에서도 여유를 못 가지고 달려야 했다. 그러느라 더 지쳤다.

Brookings의 슈퍼마켓에서 장을 볼 때는 슈퍼 직원이 내 옷의 태극기를 보고 "제너럴!" 하며 거수경례를 했다. 나는 놀라서 뒤에 누가 있나 하고 돌아보기도 했다. 놀랐고 웃겼다. 1979년 주한미군으로 판문점 옆 캠프 그리브스의 '돌아오지 않는 다리'에서 근무했다는데 그때의 한국인 장군과 내가 닮았다고 반가워서 그랬단다. 하던 일도 멈추고 옛날 애기하느라 정신이 없었다. 자기 아들과 함께 한국에 한번 가보고 싶다고도 했다.

○ 오리건이 좋아졌다

그새 나는 오리건이 좋아졌다. 내일은 캘리포니아로 들어가지만 오리건을 떠나기가 싫어졌다.

이 도시 남쪽 내가 1박한 캠핑장 Riverside RV Resort는 24달러나 받는다. 충전용 전기도 없고 물도 화장실까지 가야 구할 수 있었다. 도시 북쪽 강가에 5달러짜리 State Park가 있었으나 장을 봐서 북풍 속에 다시 거꾸로 올라가기 싫어서 시내 남쪽인 이곳에 왔는데 이렇게 비쌌다. 너무 비싸다고 할인해 달라고 했더니 여주인은 너무 지쳐 보인다며 오피스에 있는 전신마사지기를 10분씩 두 번 무료사용하게 해주었다. 구석에 있는 텐트 사이트에서는 배터리 충전도 물 사용도 너무 멀어서 불편했다.

캠핑장에서 텐트를 치는 중인 나에게 와 얘기를 시작하는 백인 아줌마가 있었다. 참 얘기하기를 좋아하고 사람이 좋아 보였다. 아들이 LA에서 현대차에 다니고 있고 어쩌고 하며 얘기가 끝이 없었다. 빨래에 샤워에 할 일이 바쁜 나는 텐트를 치며 건성으로 대꾸하고 있었다. 다음 날 보니 남편이 한국남자였는데 태권도를 오래 가르쳤다고 했다.

캠핑비: $24

Part 3

캘리포니아주로 진입
│ 제19일 │

○ 물비누와 세제를 채우다

오리건주를 벗어나 북부 캘리포니아에 들어서는 날이었다. 매일 10달러 정도를 내다가 24달러를 낸 이 캠핑장을 나서자니 억울했다. 마침 물비누와 세제가 부족한 것이 생각나 화장실에 가서 채웠다. 치사했지만 좀 위로를 느꼈다.

○ 38달러 50센트를 요구하는 캠핑장

아침 출발 때는 뒷바람이 약한 듯하더니 캘리포니아주에 들어설 때는 기온이 좀 올라갔는데 바람이 앞바람으로 바뀌었다. 캘리포니아 입구의 도로 밑, 긴 해안에는 하얀 파도가 긴 백사장을 뒤덮듯 밀려오고 있었고 그 모래 속에는 오랜 파도에 휩쓸리며 껍질이 다 벗겨져 하얀 알몸을 드러낸 큰 그루터기들, 가지들이 그대로 붙어있는 통나무들이 수없이 묻혀 있었다. Crescent City로 들어갈 때는 자전거 숍을 찾기 위해 101번 도로가 아닌 우회로를 택했다. 숍을 찾느라 헤매다가 길을 물어 찾아갈 때는 갑자기 북풍이 워낙 강하게 불어 시내 거리에서 넘어질 것 같았다. 손도 시렸다. 그렇게 찾아갔던 숍은 문이 닫혀있었다.

크리센트 시내 월마트에서 장을 보고 캠핑장을 찾아갔더니 38달러 50센트를 내라고 했다. 이 지역에 캠핑장은 이곳뿐이다, 어쩔래? 하는 태도였다. 맨땅에 반 평 크기의 텐트 하나를 치는데 5만 원이라니! "Crazy!" 하고 바로 나와 버렸다.

○ 2차 노숙

캠핑장 밖으로 나오니 막막했다. 전화를 걸어보니 모든 호텔과 모텔이 다 만원이었다. 노숙은 불가피했다. 한적하고 숲이 많은 도시라 어딘가에 노숙할 자리가 있을 것 같기도 했다. 작정을 하고 한적한 외진 숲 속이나 적당한 곳을 찾느라 이리저리 한참 돌아다녔다. 민가가 멀찍한 도로가의 공장 옆 잔디밭에 텐트를 칠까 망설이는데 옆 야산 숲 속에 전봇대를 새로 세우느라 작업하던 마른땅이 보였다. 올라가보니 숲으로 주변이 잘 가려졌다. 아주 훌륭한 자리였다. 월마트에서 산 피자와 음료로 저녁을 먹으니 이미 어두워졌고 텐트를 쳤다.

텐트에 누우니 바닥이 좀 경사진데다 좀 울퉁불퉁해서 불편했다. 잠자리가 불편하니 잠은 안 오고 세상모르고 평화롭기만 했던 어릴 때가 생생하게 떠올랐다. 종일 고생도 했고 외로워졌던 것이다. 나를 낳아주시고 편하게 키워주셨던 돌아가신 부모님을 생각했다. 아버님도 어머님도 요양병원에서 몇 년 누워계시다가 돌아가셨다. 병실침대에서 불편해하시던 모습이 눈에선했다. 중환자분께는 아무것도 해드릴 수 없었다. 불효자였던 것이다.

도로에 자동차 소리는 전혀 없었다. 밤이 깊어지자 아주 가까이서 이야기소리가 들렸다. 옆에 주택이 있는 것 같았다. 잠은 전혀 안 와 뒤척대며 지난 일들이 곰곰이 생각났다. 잘못한 일들, 부끄러운 일들만 떠올랐다. 그중에 삐걱대는 소리 숨소리가 들렸다. 어디 가까운 곳에서 섹스를 하고 있었다. 서양 사람들은 섹스를 참 열심히 한다. 새벽에 보니 바로 10m 건너 숲 속에 집이 있었고 창문을 다 열어놓고 있었다.

캠핑비: $0

레드우드 State & National Park를 통과
제20일

○ 레드우드 공원 숲 속의 비좁은 비탈길

　어제의 자전거 숍을 다시 찾아가 핸들바 끝에서 빠져나온 변속기 레버를 끼워 조였다. 자전거를 스치듯 무섭게 지나치는 대형RV, 트럭들을 살피려고 안경테에 소형 백미러를 달기도 했다. 그러나 이 백미러는 곧 눈이 아파지고 머리가 어지러워져 조금 가다가 떼버리고 말았다.

　크리센트를 나서고 얼마 후 레드우드 숲의 높은 산을 올랐다. 수명이 1,200살도 훨씬 넘고 키가 100m도 넘을 Red Wood 거목들 사이로 101번 도로는 비좁게 구불구불 올라갔다. 큰 차는 여차하면 부딪힐 것 같았다. 갓길도 없었다. 이름도 Red Wood Highway였다. 국립공원이며 동시에 주립공원이다. 미국에서도 이런 이중지정 공원은 몇 개뿐이란다. 휴가철이라 무서운 대형 RV, 트럭, 승용차까지 많고 비탈이 심하고 갓길도 없으니 자전거를 세우고 사진을 찍을 수도 없었다.

○ Klamath's Camper Corral 캠핑장

　레드우드 숲 산길을 내려와 Klamath 마을 슈퍼에서 장을 보고 남쪽의 넓은 풀밭 캠핑장에서 1박했다. 1박에 25달러를 요구했으나 자전거 여행자의 살림형편을 얘기하고 5달러를 깎았다. 텐트를 치는데 백인할머니 한 분이 다가오더니 저녁식사를 함께 하겠냐고 물었다. 옆에 RV를 세워놓고 텐트를 여러 개 쳐놓은 가족이었다. 예쁘고 어려보이는 동양인 며느리가 있었는데 식사를 함께하며 얘기해보니 홀트복지회로 입양된 한국여인이었다. 아직 젊은데 꽤 큰 애들이 넷이었다. 가족은 모두 한국음식 팬이었다. 며느리는 쌍둥이인 남자형제가 있었는데 아직 만나지 못했단다. 며느리는 나를 불편해하는 기색이었으나 서양 사람들은 이런 사연을 감추지 않고 다 말한다. 다음 날 출발할 때 보니 할아버지는 한국 컵라면으로 아침을 드시고 있었다.

이 캠핑장에서 세 미녀 아가씨 라이더들을 만났었는데 며칠 후 남쪽에 있는 험볼트 레드우드 공원 Humboldt Redwoods State Park 캠핑장에서 다시 만났다. 내 텐트 옆에서 1박했던 체격 좋은 백인남자 Kern은 먼저 출발하며 LA 북쪽 Oxnard시의 자기 집에서 며칠 쉬라며 집 약도와 전화번호를 주기도 했다. 근처에 갔을 때는 내 일정이 바빠져서 찾아가지 못했지만 고마운 사람이었다.

크램 비치 카운티 공원(Clam Beach County Park)
| 제21일 |

○ 레드우드 공원

　Klamath를 출발하여 101번을 타다가 구舊 101번 도로 Newton B. Drury Scenic Parkway 로 들어가니 레드우드 공원 속을 통과하는 길이 었다. 국립 및 주립 공원이었다. 1,200살이 넘었고 둘레는 스무 아름도 더 되고 키는 100m도 넘는 레드우드 숲이라 하늘이 가려져 캄캄했다. 어제의 레드우드 숲은 심한 비탈에 길이 좁고 교통량이 많아 차를 피해 달려야 했지만 이곳은 101번 도로를 우회시켜놓아 자동차가 없고 여유로웠다. 500년 이상 2,000살이 넘은 나무들도 흔하다. 쓰러져 잘라놓은 나무둥치는 나이테가 3,000살이 넘는 것도 있다. 그래서 'eternal', 'immortal'이라고도 불렸다. 신비롭기도 하고 그런 생명들 속에 들어오니 내 삶은 하찮은 것 같았다. 자연신自然神 이라고도 해야 할 1,200살도 넘은 초거목들로 만들어진 숲 속에서 이렇게 한순간 지나쳐 가는 나는 숙연해질 수밖에 없었다. 이 숲 속을 스치는 한 줄기 바람과 나는 무엇이 다른가?

○ 아름다운 사주(砂柱, Sand Bar)와 석호(潟湖, Lagoon)

　레드우드 국립공원에서 많이 지체하다가 남쪽으로 달려 해안으로 나왔다. 가늘고 긴 모래기둥 둑이 도로와 나란히 길게 까마득한 멀리까지 바다를 막아 기다란 호수, 석호를 만들고 있었다. 둑은 금방이라도 바닷물에 잠겨 사라질 듯 낮고 가늘었으며 또 직선이었다. 먼 수평선은 직선 모래기둥 위로 비슷한 높이의 직선이어서 두 선이 나란히 뻗어가다가 저 멀리서 아련히 합쳐지고 있었다. 수평선 아래 모래둑의 긴 직선 위에는 하얗게 빛나는 포말선이 둑 끝까지 겹쳐 이어졌는데 유화물감을 두껍게 덧칠하여 경계선을 만든 그림 같았다.

○ 캠핑장의 끔찍하게 무서웠던 화장실

레드우드 숲에서 시간을 보내다 늦어져 캠핑장아 나타나라 하며 정신없이 달렸다. 어두워질 때 클램 비치 Clam Beach County Park 에 이르니 캠핑장이 있어 무조건 들어갔다. 식재료 매점이 있는 곳까지 가겠다고 중도 캠핑장을 두고 달렸지만 결국 어둠 속에 황무지 모래언덕에다 텐트를 치게 되었다. 다행인 것은 어제의 캠핑장 근처 Klamath 마을 슈퍼에서 치킨을 엄청 큰 것으로 샀는데 저녁식사를 초청받았던 턱에 남아있었던 것이다. 여기서도 저녁으로 먹고도 좀 남았다.

파도가 끝없이 흰 포말을 날리며 밀려오는 태평양 해변의 모래언덕에 몸을 붙인 관목들 사이 마른 풀덤불 위에 바람을 피해 텐트를 쳤다. 전기도 없는 이곳에는 8달러를 주고도 평지에는 빈자리가 없었다. 화장실 변기는 한 번 들어갔다가 공포를 느껴 다시는 못 들어갔다. 곳곳의 캠핑장들을 많이 돌아다녔어도 처음 보는 너무 크고도 끔찍한 모습이었다. 여차하면 저절로 속으로 빠져버릴 것만 같았기 때문이었다.

○ 따뜻한 모래언덕에서 파도소리를 들으며 1박

　내가 드러누운 모래바닥은 따뜻하고 부드러웠다. 얕은 바다의 길고 긴 백사장에서 에너지를 가득 담은 채 부드럽고 편안한 저음으로 쉼 없이 끝없이 들려오는 먼 파도소리였다. 오랫동안 나의 무의식 아래로 숨었던 어린 꼬마시절의 꿈에, 그 단순했던 평화에 젖게 해주었다. 무한 에너지를 담고 아주 부드러운 저음으로 끊어질 듯하면서도 쉼 없이 끝없이 멀리서 들려오는 저 소리가 나의 에너지인 것, 동력인 것 같았다.

　등바닥도 따뜻하여 아주 깊고 포근한 단잠을 잤다. 나의 마음속 고향은 이런 해안 모래언덕 풀숲가인 것을 이제야 느끼게 되었다. 그랬던 것이다. 한없이 넓은 모래밭에는 노랗게 마른 갈대 같은 허리높이의 풀도 있었고, 세상모르는 어린 꼬마 시절 벗은 신발을 두 손에 든 채 맨발로 화로 숯불보다도 더 뜨거운 백사장을 피하느라 이리저리 밝고 점프하며 껑충껑충 뛰며 밟고 다니던 모래풀들이 덮여있었다. 귀를 기울이면 부드럽고 조용한 파도소리가 멀리서 끊일 듯 들리고 자동차 소음도 아주 가끔 들리고 평화로웠다. 바닷가 모래땅 위 텐트 속에서는 고향바다처럼 편안했다.

캠핑비: $8

펀데일(Ferndale)의 장마당(Fairground)
제22일

○ 새벽에 잠을 깨우며 돈을 받으러 온 관리인

새벽에 아직 자고 있는데 8달러를 받겠다고 캠핑장관리인이 찾아와서 텐트를 두드렸다. 어제저녁 어둠 속에 도착할 때는 오피스에는 불도 꺼졌고 사람이 없었는데 잔돈도 갖고 다니며 거스름돈은 바로 돌려주고 있었다. 들여다보기에도 무서운 간이화장실만 있는 모래땅인데다 평지도 아닌 모래언덕 비탈 풀숲에서 잠을 잤는데 8달러를 받으러 새벽에 찾아와 잠을 깨운 것이었다. 아침에는 무서워서 화장실에 못 들어가고 유레카 Eureka 의 버거킹 식당에 가서 세수까지 함께 해결했다.

○ 유레카(Eureka)

출발부터 업힐은 없었지만 을씨년스러운 하늘에다 힘든 앞바람 속에 유레카를 향해 달렸다. 유레카 Eureka 는 좁고 긴 모래언덕 sand peninsular 두 개가 남북으로 바다를 막은 두 개의 만 속의 도시였다. 만의 물밑은 광활한 모래펄 mud sand flats 이다. 썰물 때 드러나는 모래펄 폭은 수km나 된다. 만 灣 에는 폐기찻길이 녹슬며 망가져가고 있었다. 썰물이 빠질 때는 배들이 펄에 박혀 꼼짝도 못 했다. 안쪽 펄에는 풀밭 갈대밭이 드넓어 바깥에서는 맨땅 육지로 보인다. 밀물 때라도 수

심이 얕아 이를 보고 접근하다가 배들은 펄에 박혔다. 그래서 이 지역
은 개척이 어려웠다. 도시명 Eureka는 1800년대 초 유럽에서 건너온
배들은 펄 때문에 해안 진입을 못하자 난공불락으로 여기고 있었는데,
미 정부 탐사선의 부선장이 물길을 발견하는 순간 '유레카!'라고 소리쳤
던 데서 유래되었단다. 그 후 레드우드를 무자비하게 벌목해 내다파는
기지로서 발전했다. 유럽의 1800년대식 석조건물을 흉내 낸 목조건물
들이 많았다.

○ 유레카에서는 특히 자전거 도난에 조심하라!

미국인 라이더들은 나에게 유레카 시내에는 들어가지 말라고 권했
다. 홈리스들과 마약중독자들 그리고 동성애자들이 많단다. 절도범들
이 많다며 자전거를 특히 조심하라고 했었다. 점심을 먹으러 들렀던 버
거킹에는 안팎에도, 주변 골목에도 근처 슈퍼마켓 앞에도 그렇게 보이
는 사람들이 여럿 있었다. 겉모습은 멀쩡한데도 행동이 좀 이상한 사
람들이었다. 시내를 통과하면서도 많이 보았다.

○ 파도소리가 들리는 펀데일의 장마당 캠핑장

유레카의 남쪽은 캠핑장이 없고 마침 주말이라 모텔들도 모두 만원
이었다. 바람도 남풍으로 바뀌고 앞바람이라 힘들기만 했다. 산길도 넘
고 강도 건너고 넓은 들판도 오래 달려서 작은 도시 펀데일을 찾아가
니 외곽의 마을운동장 겸 장마당 Fairground 이 캠핑장이었다. 샤워장도
화장실도 좋았다. 서쪽으로는 먼 바다까지 완전 개활지라서 바람이 강

했지만 나무들이 늘어서 있는 담 밑에다 붙여 텐트를 쳤더니 지낼만했다. 조용한 밤에는 텐트 속에서 태평양의 먼 파도소리가 들렸다.

펀데일에는 1901년에 건설된 다리를 Historic Site로 지정해놓고 있었다. 이런 데서는 돌멩이 하나라도 크게만 세워두면 나중에 유적이 될 것 같았다. 슈퍼를 찾느라 돌아다녔다. 이름만 슈퍼인 조그만 가게였는데 식재료도 없었다. 그러나 다음 날부터 며칠 동안은 슈퍼도 식당도 없는 산길이라 보관하기 좋고 부피도 적고 물만 있으면 먹을 수 있는 피자를 많이 샀다.

캠핑비: $5

험볼트 레드우드 숲 공원
(Humbolt Red Woods State Park)
제23일

○ 소똥냄새 들판, 힘든 산길

펀데일에서의 출발은 Grizzly Bluff Rd.였다. 들판 길을 수십km 갔는데 목장들 소똥냄새로 머리가 아팠다. 몇 년 전 네덜란드 라이딩 때의 소똥냄새가 생각났다.

산길로 바뀌더니 깔딱고개 세 개가 연속되었다. 워낙 가팔라서 타지도 못하고 겨우 밀고 올라서면 즉시 가파른 내리막이었다. 아침으로 먹은 피자가 부실했다. 기운이 쫙 빠진 채 차도 사람도 자전거도 없는 적막한 산길에서 혼자 기운을 다 빼자니 웃음이 나왔다. 언덕 위 전망지점 Vista Point 에서 저 아래 강을 내려다보자니 나는 바람 속에 있었고 나도 바람인 것 같았다. 하늘에 떠가는 한 줌 구름은 뭉치며 점점 커지기도 하고, 작은 모습 그대로 머물기도 하고, 더 작아지다가 사라지기도 했다. 인간들의 삶 같았다. 우리는 모두가 더 큰 구름이 되려고 기를 쓴다. 생존본능이기도 하고 또 욕심 때문이기도 하다.

거의 지쳤을 때 Rio Del 마을이 나타났고 마을 끝에 출구가 있어서 바로 101번 도로로 올라갔다. 101번 도로가에는 몇km에 걸쳐 펼쳐진 엄청난 크기의 목재소와 야적장이 있었다. 그 넓은 부지에 원목과 제재한 목재들이 가득 쌓여있었다. 이곳 삼림을 파괴하는 주범이 여기 있었다. 최대의 자연파괴자는 역시 인간임을 보여주고 있었다.

○ 험볼트 레드우드 숲 캠핑장(Humbolt Red Woods)의
  Burlington Campground

  분기점에서 101번 도로를 빠져나오니 산속의 작은 마을 Weott이었
다. 이곳에는 이발소라기에는 너무 작고 서부영화의 세트장 같은 재미
있는 이발소건물이 있었다. 건물이라기보다는 양철 막사 같기도 했다.
험볼트 레드우드 숲 주립공원 Humboldt Redwoods State Park 으로 들어갔
다. 실로 대단하고 놀라운 숲이었다. 평생에 꼭 한번 가봐야 할 곳이라
고 절감했다. 숲 속의 버링턴 캠핑장에 텐트를 치고 2박을 했다. 1박에
5달러. 샤워는 2분에 50센트였다.

○ 반찬은 튜브 고추장이 전부

숲 속 저녁식사는 패니어 속에 남아있는 쌀로 밥을 해서 튜브고추장을 반찬으로 먹었다. 이날까지 딱 하루를 쉬었고 계속 달려왔으니 이런 곳에서 내일 하루를 휴식하기로 했다. 언제 또 이런 좋은 곳에 올 수 있겠는가? 무엇이 급하다고 허둥지둥 지나칠 것인가!

모두가 1천~3천 살을 살고 있는 나무들로 채워진 숲이다. 자전거로 숲 속을 이리저리 돌아다녀 보았다. 자전거는 고목나무에 매미도 못 되는 고목나무에 붙은 하루살이 정도였고, 내 텐트는 바닥에 떨어진 애기 솔방울 정도였다. 텐트 위의 하늘은 나무줄기 틈으로 까맣게 높았다. 3천 년이 훨씬 넘은 그루터기들이 많이도 넘어져 있었다. 그루터기 옆에 자동차는 비교될 크기가 못 된다.

하루 휴식을 했다
제24일

레드우드 숲 속 텐트 속에서 쉬며 이틀 전 28달러를 주고 산 피자를 아침 겸 점심으로 먹었다. 대형 피자 하나를 4~5끼로 먹는 것이다. 더운물에 빨래도 했다. 옆 텐트의 캐나다인 부부가 출발하며 고열량비상식 클리프 바 Cliff Bar 두 개를 내 텐트에 놓고 갔다. 주변에 슈퍼도 식당도 없는 곳이고 나에게는 먹을 것도 없음을 알고 있었다. Visitor Center 에서는 커피를 무료로 제공하고 있어 간만에 몇 잔을 연거푸 마셨다. 며칠 전에 내용물을 제대로 안 보고 잘못 산 아

랍커피를 먹고 있는데 건더기 때문에 불편했다. LA에 사는 친구인 광범 부부가 드라이브로 북상 중인데 며칠 후 만나기로 연락이 되었다.

○ 레드우드 숲(Red Woods Grove)

레드우드 숲에는 벌레도 없고 건조하고 바람도 있어 시원하기 그지없었다. 바닥에 누워 높은 하늘 위의 숲을 흔들며 지나가는 먼 바람소리를 들으며 책도 읽으며 하루 밤낮을 보냈다. 나무와 나는 호흡을 서로 섞으며 나누고 있었다. 레드우드는 높이 자라면서도 땅속 수직 뿌리가 없다. 서로가 숲을 이루며 어깨동무식 바람막이가 된다. 뿌리가 없는 대신 수분은 짙은 바다안개를 껍질로 호흡하여 채운다.

식재료를 살 곳이 없어 이틀이 지난 피자조각과 고열량 이동식 클리프 바 몇 개와 맨 쌀밥으로 끼니를 때웠지만 여기서 이렇게 지내는 것이 더없이 좋았다. 평소 마음속에 숨어있던 아쉬움, 그리움, 부족함, 부러움, 근심, 걱정도 모두 잊히고 사라졌다. 더 필요한 것이란 없었다. 레드우드 숲은 완전함 그 자체였다. 그 완전함 속에 하찮은 내가 있었다. 늙고 병들면 이곳에 와서 좀 지내야 되겠다는 생각이 들었다. 우리나라에 이런 숲이 있다면 난리가 날 것이다.

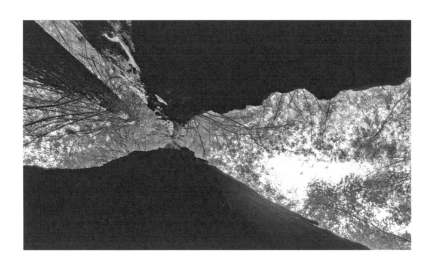

○ Burlington 캠핑장의 똑똑한 돌
  (The Perfect Weather Rock – Sage Stone)

젖어 있으면 비가 온 것, 말라 있으면 맑은 것, 흔들리면 바람 부는 것, 먼지가 묻어 있으면 흙바람이 분 것, 돌 밑에 그림자가 있으면 햇빛이 나있는 것을 정확히 알려주는 똑똑한 돌이 있었다.

This rock is the perfect weather indicator, it never fails

재미있었다.

캠핑비: $5x2=$10

히든 스프링스 캠핑장
(Hidden Springs Campground)
제25일

○ 터널 나무

어제 하루를 쉬었지만 눈을 뜨니 가기 싫은 마음뿐이었다. 꼭 다시 찾아가서 장기간 푹 쉬겠다고 생각했다. 먹을 음식이 조금만 있었어도 더 쉬었을 것이다. 매점이 있는 7km 남쪽의 Myers Flat 캠핑장에 가니 그늘도 없는 사설캠핑장인데 35달러를 요구했다. 당연히 그냥 나왔다. 옛날 교과서에서 보았던 나무터널 속으로 차량이 지나가는 사진의 실물이 여기에 있었다. 나도 자전거로 통과해보았다. 아직 멀쩡히 잘 살아있는 나무였다. 터널 나무 옆에는 3,000년이 넘은 나무, 레드우드 통나무 속에 집을 만든 Tree House도 있었다. 알고 보니 미국에는 자동차가 통과하는 터널 나무들이 이곳 말고도 몇 군데 더 있었다.

터널 나무에서 1마일 남쪽 레드우드 숲에 Hidden Springs Campground가 있었다. 5달러를 내고 다시 1박했다. 엄청난 거목의 레드우드들이 덮고 있는 아주 큰 비탈캠핑장이었다. 이름처럼 비탈계곡 속에는 숨어있는 맑은 샘들이 많았다.

숨은 샘들의 캠핑장이었다. 내 옆에 텐트를 쳤던 보스턴 남자는 자전거 부품을 모두 인터넷으로 구매하고 식섭 소립한 것으로 2천 달러를 들였다는데 가볍고 변속기 등 구동계가 좋아 자랑할 만했다. 직접 작업하니 시중의 절반 가격으로 특성화할 수 있었단다. 우리나라에서는 모두 완제품을 구입하지 이렇게 하는 사람이 거의 없다.

캠핑비: $5

레드우드 숲 속 리처드선 공원
(Richardson Grove State Park)
제26일

○ Miranda의 중학교 잔디밭 벤치에서 40년 만에 친구와 재회

Hidden Springs Camp-
ground에서 Eel River 강변길
254번 을 타고 친구와 만나기
로 약속한 미란다 Miranda 마
을로 향했다. 달리는 길가 숲
에는 엄청난 크기의 레드우드
그루터기가 드러누워 있었다.
자전거를 옆에 세우니 실로 고
목나무의 매미였다. 이렇게 큰
나무를 직접 내 눈으로 보게
된 것이 자랑스럽기까지 했다.

계곡을 달려 올라가 미란다의 길가 고등학교 풀밭 벤치에서 와이프
와 드라이브로 북상 중이던 친구 광범 씨를 40년 만에 만났다. 며칠
전부터 서로 위치를 알리는 카톡을 해오다가 여기서 만난 것이다. 옛이
야기를 하며 나를 위해 준비해온 와인 한 병을 둘이서 금방 다 마셨다.

레드우드 숲에서 먹을 게 없어 고생한 얘기를 하니 부인은 차에 있던 견과류, 라면, 요구르트 등을 주어 패니어를 가득 채웠다. LA에서 다른 친구들과 함께 다시 만나자고 하고 bye! 했다.

헤어져 출발하면서 나는 알 수 없이 갑자기 멍해졌다. 다시 땀을 뻘뻘 흘리게 될 때까지 나는 울적함에 짓눌리며 깊은 외로움에 휘말려 있었다. 땀을 흘리는 나는 모든 것을 잊어야 한다고 다짐하며 애쓰고 있었다.

○ The Living Chimney Tree (살아 있는 굴뚝 나무, 나무속의 방)

  Eel강변 도로가에는 Living Chimney Tree라는 간판이 있었다. 지나칠까 하다가 들어가 보니 살아있는 레드우드 그루터기 속을 파내고 방을 만들었다. 몇 사람이 지낼만한 넓은 공간이다. 서울 종로 피맛골의 우리나라 옛 유적지의 방들이 비교된다. 3배는 크겠다. 지나쳐버렸다면 진기한 이것을 몰랐을 것이다. 양쪽으로 낸 문도 크고 넓었다. 무성하게 살아있는 나무속은 꼭대기까지 구멍이 뚫렸는데 굴뚝같기도 했다. 동화 속처럼 신기하기만 했다. 그래서 이름이 살아있는 굴뚝나무였다!

○ Richardson Grove State Park에서 1박

  고도 600m의 가파른 산 두 개가 앞에 버티고 있어서 며칠 전부터 겁을 먹고 잔뜩 긴장해 있었다. 미 태평양 자전거길 전체에서 가장 힘든 구간이다. 라이더들은 모두가 이 고개를 두고 큰 각오를 한다. 자전거 지도에는 이 캠핑장에 슈퍼, 식당이 표시되어 있기에 굳이 찾아갔다. 그러나 이 매점에는 해먹을 만한 식재료라고는 없었다. 미리 알았다면 다음 캠핑장까지 정상 쪽으로 22km를 더 가는 것이었다. 텐트를 쳐놓고 패니어를 열어보니 친구가 준 음식이 내일까지 버틸만했다. 고마웠다. 힘든 산을 넘자면 더 많이 먹어야 한다.

캠핑비: $5

두 산을 넘어 맥커리처(Mackerricher)까지
⎪제27일⎪

○ 아찔했던, 큰일 날 뻔했던 순간

아침을 든든히 먹겠다고 쌀밥에 고기를 비벼 먹으려고 어제 산 소고 기통조림을 땄더니 고기는 없고 완전 국물만 들어있었다. 이럴 수가! 쓸모없는 요리용 국물이었다. 라면을 끓여 먹고 출발했다. 101번 도로 는 대형트럭, RV 등 차들이 너무 많아 무서워졌고 업다운의 고개도 더 심해졌다.

Eel River를 따라 있는 내리막을 달리는데 자전거 시트포스트에 달 아놓았던 접이식 스탠드가 풀리며 펼쳐졌다. 다행히 바퀴 스포크에는 걸리지 않아 사고는 안 났다. 끔찍해서 가슴을 쓸어내렸다! 바퀴에 걸 렸으면 뒷바퀴가 미끄러지며 넘어져 비탈 아래 강바닥까지 사정없이 굴렀을 것이다. 몸도 다치고 뒷바퀴도 망가졌을 것이다. 이런 산골에서 그랬다면 정말 끔찍한 상황이었다.

○ 하이웨이 패트롤로부터 주의를 받다!

Eel 강변의 101번을 타고 달리는데 Highway Patrol이 쫓아와서 나 를 세웠다. 내가 갓길을 벗어나 차선을 침범한다고 누가 전화신고를 했 단다. 벌금이라도 내게 할까 겁도 났다. 미안하다고, 갓길이 좁아서, 갓길에 돌 모래 깨진 유리조각들이 많아서 펑크를 피하느라 잠시 그런 것 같다고 즉시 꽁지를 내렸다. 경찰관은 나에게 달리는 대형차량들은 급정거도 안 되고 잘 피하지도 못해 사고가 난다며 스스로 조심해야 된다고 했다. 무사통과는 했지만 앞으로 조심해야 되겠다고 생각했다.

○ 고개 아래 레겟(Leggett)에서

교통량이 많은 101번 도로는 산 밑 레겟 Leggett 마을에서 갈라져 내륙으로 가고 캘리포니아 1번 해안도로 Shoreline Highway 가 시작되어 618m, 500m의 산 두 개를 넘어가서 태평양 해안으로 나가게 된다. 레겟 마을에 들어가 아이스크림을 몇 개나 먹고 고열량식 클리프 바도 더 사고 몸속에 에너지를 채우며 산을 넘을 준비를 했다.

○ 개를 데리고 라이딩하는 노인

수레에 개를 태우고 산 같은 짐을 싣고 미국 전역을 몇 년째 라이딩하는 노인분을 여기 가게에서 또 만났다. 70대 중반쯤으로 보였다. 미국언론에 보도되고 있는 유명한 영감님이란다. 이곳에도 Drive Thru Tree 표지판이 또 있었는데 찾아가다가 이미 이틀 전 Myers Flat에서 보고 온데다 찾아가는 차도 사람도 없었고 나뿐이라 되돌아오고 말았다.

○ 618m, 500m 두 산을 넘고

　레겟에서 산길 13km 오르니 618m 정상이었다. 정상 갓길에 주차해 있던 RV 백인부부는 힘들게 올라가는 나에게 쉬어 가라며 세웠다. 굴 몇 개를 깔끔하게 까주고 냉장고에서 시원한 물도 내주었다. 하와이 사는 며느리가 한국인이란다. 이들은 며칠 후에 지나가다가 나를 보고 차를 세워 다시 만났고 이번에는 명함과 마실 물, 오렌지를 주고 갔다.

정상에서부터 내리막이라 신이 나더니 슬그머니 다시 오르막이었고 가팔라지며 경사도가 7도나 되었다. 6도를 넘게 경사진 도로는 흔하지 않았다. 무릎이 다시 아파 자전거를 못 타게 될까 조심해야 했다. 두 번째 고개 500m 산 내리막에서는 공기가 점점 차가워지더니 산 중턱 숲 속도 안개로 덮였다. 더 아래쪽은 손 어깨까지 시린 차가운 안개바다였고 앞도 안 보이는 안개계곡 속을 따라가니 바닷가였다.

○ 다시 태평양 해안도로

안개 사이로 바다는 파랗게 맑아졌다가 희끄무레해졌다가 완전 사라지기도 했다. 바람이 너무 강하고 추워서 두꺼운 옷을 꺼내 껴입었다. 이 추위는 중부 캘리포니아의 빅서 Big Sur 의 남쪽해안까지 가서야 따뜻해졌다.

해안은 벼랑이었고 좁은 벼랑 사이에는 작은 검은 모래해안도 있었고 그 위로 흰 포말 파도가 겹겹이 밀려오고 있었다. 길은 해안지형을 따라 어지럽게 좌우로 비틀대고 위아래로 출렁대며 골짜기와 산속으로 구불구불 휘돌며 오르내리기도 했다. 거목의 울창한 향나무군락 터널을 지나기도 했고 다시 해안으로 나와 북서풍속에 남으로 달리고 있었다. 바다 위에는 바다사자를 닮은 바위, 강냉이를 닮은 바위, 동해바다 독도의 미니어처 같은 바위, 절의 종을 닮은 바위, 고래를 닮은 바위도 있었다. 조각칼로 바위해안을 파내고 쪼개며 육지 깊숙이로 소용돌이 파도물길을 만든 듯한 신비로운 경치도 있었다. 강풍 속 하늘에는 물새도 있었다. 강한 바람과 찬 안개는 바다를 푸른빛 옥빛 코발트빛 남빛 눈부신 흰빛 무채색의 잿빛으로 마구 둔갑시키고 있었다.

○ 안개 바다 속으로 맥커리처 주립공원 Cleone Campground까지

캘리포니아 1번도로 쇼어라인 하이웨이 Shoreline Hwy 의 바다는 안개 틈으로 잠시 비쳤다 완전히 가려지는 모습 그대로가 아름다웠다. 찬 안개와 소금바람 속의 도로 밑 해안에는 캠핑장이 있었다. 그러나 매점도 보이지 않았고 나에게는 먹을 것이 남아있지도 않았고 안개와 바람과 추위를 피해야 했다. 슈퍼와 숲 속을 찾아가야 했다. 패스를 하고 나니 다음 캠핑장까지가 너무 멀었다. 레드우드 향나무 유칼립투스 소나무 숲을 지나고 포도밭도 넓은 목장도 지나며 안개 속에 비쳤다 숨었다 하는 온갖 모습의 바위들에 넋을 뺏기며 달리다 보니 거대한 모래언덕 과 모래산 몇 개가 수km나 이어지며 바다 경치를 가렸다. 이름도 맥커리처 모래세상 MacKerricher Dune World State Park 주립공원이었다. 안개 속

에 이미 어두워질 때야 맥커리처에 도착하여 장을 보고 캠핑장을 찾아가 5달러를 내고 체크인했다. 이날은 극기와 고행의 하루였다. 산을 두 개 넘고 또 해안 산비탈을 오르내리며 55마일 91km 을 달렸던 것이다.

○ 미국에서 가장 조심해야 할 경계1호 홈리스 라이더들

맥커리처 공원캠핑장은 바닷가 숲 속 모래땅이었다. hiker/biker 사이트에는 텐트들이 많았다. 캘리포니아주는 hiker/biker 사이트 하나에 텐트 8개 총 8명 를 못 넘게 한다. 백인청년들 3명이 있었고 자전거로 돌아다니며 노숙하거나 캠핑장에서 공짜로 자는 65세와 51세의 두 백인이 있었다.

이 캠핑장은 모래땅 숲 속에 넓게 펼쳐져 있었고 hiker/biker site는 공원오피스를 통과하지 않고 1번도로와 연결되어 있었다. 그러니 홈리스들이 더운물 샤워장과 화장실을 공짜로 사용할 수 있는 이곳에 들어오게 된다.

65세 키다리는 자전거를 세워놓고 그 위에다 텐트도 아닌 비닐을 걸쳐서 덮고 잤다. 유레카에서 왔고 남쪽으로 간다고 했지만 다음 날 아침에 일찍 사라졌는데 남쪽으로는 가지 않았다. 51세 백인 남자에 의하면 이 근처에서 어디 멀리는 안 갔다고 했다. 캠핑장들이 많고 휴양객들 휴양시설이 많은 이런 곳에서는 숙식 해결이 쉬울 것이다. 숲 속에서 시간을 보내거나 돌아다니다가 공짜로 지낼 수 있는 이런 곳으로 옮겨 다니며 지내는 것 같았다. 그의 자전거는 앞바퀴가 다른 부분과 어울리지 않아 눈에 튀었다. 자전거를 자물쇠로 기둥에다 묶을 때는 앞바퀴와 차체를 함께 걸어야 된다. 앞바퀴만 묶으면 이렇게 몸체는 사

라지게 된다. 유럽에서 라이딩할 때 그렇게 된 모습을 몇 번 보았던 것이다. 앞바퀴도 또 따로 훔쳐 끼운 것 같았다.

51세의 땅딸보는 애리조나에서 라이딩 해왔고 남행해서 애리조나로 간단다. 1번도로는 이번이 몇 번째 라이딩이라 했다. 쉴 틈 없이 기침을 하고 가래를 뱉어대면서도 담배를 계속 피웠다. 11살 때부터 40년째 피우고 있단다. 폐의 얼마가 손상된 상태이고 의사는 피우지 말라고 했단다. 앞니도 몇 개가 없었다. 입은 옷도 몸도 며칠 씻지를 못한 것 같았다. 제대로 먹는 것도 보지 못했다. 세상 온갖 일들에 대해 열을 내 떠들며 비판을 했는데 fucking 소리를 거의 말마디마다 섞고 있었다. 소설책 한 권을 갖고서 가끔 읽는 척했는데 상황을 피할 때 하는 행동으로 보였다.

내가 저녁식사로 베이컨고기를 구우니 옆에 와서 냄새가 너무 좋다, 자기네 동네의 한국인이 구워주어 먹어봤는데 맛이 죽이더라 어쨌다 하며 노골적으로 달라는 태도였다. 나눠주니 둘 다 너무 잘 먹었다. 그날부터 이 땅딸보는 나를 따라다녀서 피해야 했다. 그의 텐트는 내피 망사뿐이고 외피가 없었다. 자전거는 동네용 수준이었고 앞 기어는 저단변속이 안 된다. 뒤에는 패니어가 아닌 플라스틱 통 두 개를 달았고 앞에는 고급의 Ortrieb을 달고 있었다. 애리조나에는 72세의 아버지와 3형제가 잘살고 있고 처자식은 없이 자기 좋을 대로 하며 산단다. 이 남자는 텐트도 자전거도 뒤 플라스틱통도 앞 패니어도 복장도 모두가 의심스러운 조합이었다. 밤에는 나도 세 청년들처럼 자전거를 벤치 기둥에다 자물쇠로 확실히 채워놓고 잤다. 이 두 사람을 경계한 것이다.

캠핑비: $5

맨체스터(Manchester Beach)의
멘도시노 해안(Mendocino Coast)
제28일

○ 미국 최고의 아름다운 태평양 해안 멘도시노

바닷가 모래땅 맥커리처 캠핑장은 밤에는 추웠다. 다음 날 65세 남자는 아침 일찍 나섰고 내가 아침을 해먹는 사이에 51세 남자도 먼저 출발했다. 안개 속으로 나도 출발했다. 이 캠핑장의 남쪽도 북쪽도 실로 최고로 아름다운 관광지 해안이었다. 이곳 맥커리처에만 캠핑장이 5개나 있었다. 남쪽으로는 바위벼랑 해안이 너무 아름답고도 특이한 경관이 많은지라 공원, 캠핑카 RV 파크, 이동주택 주차장 등이 곳곳에 있었고 캠핑장은 수없이 있었다. 미 태평양 해안에서 이렇게 집중된 곳은 맥커리처와 다음 목적지 맨체스터 일대뿐이었다. 해안에는 전망대, 모래호수, 해수욕장, 레저시설들이 펼쳐져 있었다. 바위에는 물개들이 서식하고 있어 해양보호구역이었다.

○ 포트 브래그(Fort Bragg)의 목재 다리와 유리알 해안(Glass Beach)

출발 후 남쪽해안에는 바다로 들어가는 좁은 강이 나타났다. 강 위로는 예쁜 목조 다리가 남쪽 강둑인 벼랑 위로 걸쳐져 있었다. 하늘은 다시 파랗게 맑았고 높지 않은 벼랑 아래는 짙푸른 강물이고 건너편 북쪽은 새하얀 모래강변이었는데 짙푸른 강물과 강한 대비를 이루고 있었다. 흰모래 밭 곳곳에는 이파리가 두껍고 둥근 모래풀들이 바닥에 붙어 자랐고 물가에는 물에 반쯤 잠긴 이름 모를 풀들이 무성했다.

다리는 강 위에 목재교각을 촘촘히 세웠고 교각 사이는 X자 버팀을 했다. 다리 상판은 수평선보다 높은 하늘에 있었다. 푸른바다는 다리 아래 수평선과 흰모래바닥 중간 높이에서 교각들 사이로 낮게 펼쳐져 보였고 희디흰 포말파도가 겹겹 밀려오고 있었다.

목조다리 건너의 바위벼랑 위는 평원이었고 평원 위에는 RV캠핑카 이동주택 승용차들의 주차장이었다. 비탈 아래는 유명한 포트브래그 유리알 해안 Fort Bragg, Glass Beach 이었던 것이다. 바다 속으로 돌출된 바위벼랑들 사이의 비좁은 협만 백사장은 투명한 무색 파란색 옥색 호박색 루비색 비취색 등 작고 고운 보석들이 섞인 영롱한 유리알 해안이었다. 앞바다 속의 보석바위들에서 떨어져 나와 파도에 휩쓸리며 연마된 조그만 돌들이 섞여 있는 해변이었다. 그 바다는 흰 포말로 온통 덮여 눈이 부셨다. 크고 작은 바위들이 물속에 잠긴 듯 노출된 듯 깔렸고 그 가운데 큰 바위들이 여기저기 자리를 잡고 서서 물결을 휘돌리니 작은 파도에도 바다는 온통 포말로 덮이고 있었다. 흰 포말파도 밑으로 숨었다 나타났다 하는 검은 바위들은 넓은 바다에서 숨바꼭질하듯 재주를 부리며 달리는 수백 마리 돌고래 무리들 같았다.

○ 해안은 빈틈없이
  절경의 만, 작은 강, 벼랑 협곡, 작은 곶, 바위, 백사장들

이 일대의 태평양 해안은 넓은 평원이 바다와 만나는 바위벼랑 밑이었다. 평원에는 싱크홀 sink hole 구멍이 뚫리기도 했고, 싱크홀은 땅밑 동굴로 바다와 연결되어 있어 파도가 드나들고 있었다. 또 암반이 침식되며 파이고 잘려서 만들어진 바위해안은 수많은 바위조각 작품들이었다. 멀리 물속에 우뚝 솟은 작은 섬 같은 바위들, 육지동물들 물고기들을 닮은 크고 작은 바위들, 머리만 살짝 드러내고 물속에 웅크린 바위들이 흰 포말파도와 함께 쉼 없이 변모하며 자연의 쇼를 연출하고 있었다.

백사장은 거의 없었고 있다는 것도 바다로 뻗어들어간 벼랑들 사이 협만 속에 끼여 붙은 모습이라 깨진 조개껍질처럼 이른 초승달처럼 작았다.

다시 안개가 뒤덮기도 했다. 안개 속에서는 더 추웠다. 맑을 때의 경치는 이 지역에 휴양시설들이 집중된 이유를 말해준다. 지중해 프랑스의 코트 다 쥐르, 이태리의 리구리아 여름바다도 아름답지만 여기에 비한다면 작고 아기자기한 여성적인 경치일 뿐이다.

바람 없이 잠잘 때의 태평양 바다는 이름 그대로 Pacific하게 평화로워 보이기도 하지만 나는 바라볼수록 무섭게만 느껴졌다. 아름다우면서도 장엄하고 남성적이다. 안개 사이로 드러나는 틈새 하늘 아래로 보이는 푸른 바다, 파란 하늘, 옅은 안개, 흰 모래, 흰색의 집들은 대비되는 색상으로 돋보였다. 길가에 자전거를 세우고 물을 마시는데 어제 산꼭대기에서 만났던 부부가 지나가다가 나를 보고 RV를 세웠다. 이번에는 나에게 오렌지를 주고 명함도 주고 갔다. 다시 함께 사진도 찍었다.

○ 시간상 진행상 사진 찍는 것도 단념해야

너무 아름다운 해안들이 계속 나타나니 대충 돌아보며 사진은 한 두 컷만 찍는데도 속도가 안 났다. 목적지까지 가기 위해 과감히 생략 하고 그냥 지나쳐야 했다. 높은 해안벼랑 비탈길을 올랐다. 높이 오르 기는 힘들지만 경치가 좋게 마련이고 매일 몇 개씩 오르내렸지만, 발밑 절벽 아래 경치는 나를 사로잡았다. 생략하고 지나버릴까 했지만, 한동 안 바라보았다. 무수히 많은 작은 바위들이 물 위에 깔아놓은 듯 떠있 는 듯했다.

　이런 경치는 휴대폰 카메라로는 부족하다. 풀 사이즈 센서의 좋은 카메라가 필요해진다. 무게 때문에 여행에서는 큰 짐인 게 문제이다. 안개가 끝없이 부리는 조화는 신비로웠다. 차가운 바람은 몸을 얼릴 듯했다. 나는 더위에는 적응하고 잘 견디는 편이지만 추위에는 전혀 맥을 못 추는 체질이다. 국내는 40도에 가까운 폭염으로 모두 힘들어하는데 여기 해안은 매일 너무 추웠다.

　항아리손잡이 협곡해안, 염소바위섬, 말안장 해안, 상자바위, 선착장 바위, 엘크바위, 하얀바위 등등 일일이 다 나열할 수도 없는 좋은 경치들이 종일 계속되었다. 언젠가 동호회 멤버들과 라이딩을 다시 꼭 가보고 싶은 해안이었다. 이런 경치는 날씨 좋을 때 다시 꼭 봐야만 되겠다.

○ 내 자전거 Jamis Aurora의 문제점

나의 여행자전거는 중국산 미국 브랜드 Jamis Aurora인데 스프라켓의 저단기어 지름이 작아 무겁게 여행 짐을 싣고 비탈을 오르기에는 최악이었다. 완전 개고생이고 끌어야 했다. 비탈을 만나면 빈 자전거로도 힘을 못 쓴다. 돈을 추가로 들여 스프라켓을 다른 것으로 바꿔야 했다.

○ 안개 속 아름다운 빨간색 풀밭

다시 짙은 안개가 덮였다. 안개 속 1번도로 옆의 드넓은 밭은 빨간 색으로 변한 잡초로 덮여 있었다. 옅은 녹색과 안개 속에 대비되며 신비롭고 매혹적이었다. 빨간색 뒤로는 안개꽃처럼 보이는 풀들이 넓게 펼쳐져 있었다. 휴대폰이 아닌 좋은 카메라로 찍었다면 좋은 사진이 되었을 것이다. 나중에 다시 만난 보스턴 의사 라이더는 소니 풀사이즈 카메라 RX1R로 도로가의 거리표시까지 넣어 찍은 사진을 보여주었다. 구도도 좋았고 화질은 단연 더 좋았다. 그는 사진 전시회도 하고 있단다.

○ 다시 쫓아온 애리조나 남자

업힐을 오르다 보니 먼저 출발한 애리조나 남자가 쉬고 있었다. 며칠째 저녁에도 아침에도 연속 샤워를 한 몸이라 확 달라져 깔끔했다. 저속기어가 안 걸리니 비탈만 나타나면 애를 먹고 있었다. 내가 사진을 찍느라 자주 스톱을 하니 앞섰다가 뒤처졌다가 함께 가기도 했다. 나를 안 놓치려고 죽을힘을 다하듯 필사적으로 쫓아왔다. 나는 한편으로 안타까운 느낌도 있었지만 줄곧 경계심을 늦추지 않으면서 자전거를 세울 때마다 자물쇠를 꼭 채웠다. 언제든 자기 자전거를 두고 내 자전거를 타고 내빼버릴 것만 같았고 그러면 눈앞에 보면서도 쫓아가지도 못할 것이다. 수시로 가래를 뱉어대는 것도 욕을 해대는 것도 몸에서 나는 냄새도 싫었다. 그를 떨쳐내서 피하려고 안개 속을 마구 달렸다.

○ 맨체스터 비치 멘도시노 캠핑장
(Manchester Beach Mendocino Coast KOA)

높은 벼랑해안 고개를 넘어 내려가니 깊은 안개 속이었다. 가끔 안개 사이로 도로 밑의 작은 협만 Gulch 들은 참 아름답게 보였다. 다음에 꼭 다시 와야겠다는 아쉬움을 느끼게 했다.

중도의 Elk 해안은 안개 속에서도 아름다웠다. 언젠가 자전거를 타고 날씨 좋을 때 꼭 다시 와보고 싶었다. 날씨가 좋았다면 나는 거기서 하루를 묵고 말았을 것이다. 엘크 주변은 해안이 모두 절경이다. 날씨가 조금만 더 맑았다면 햇빛이 더 밝았다면 바닷물이 더 파랗게 보였을 것이다. 저 멀리까지 바다 위에 바위들이 깔려 예뻤다. 사진은 태양의 빛을 담는 것, 맑은 날씨라면 사진이 더 좋을 텐데, 캘리포니아 북부 해안은 이날까지 매일 이렇게 거의 흐린 날이었다. 그 속에서도 바위들은 절경이었다.

○ 집요하게 쫓아와 나를 또 따라잡은 애리조나 땅딸보

Elk에서 사진을 찍는데 애리조나 남자가 숨이 넘어갈 듯 헉헉대며 쫓아와서 나를 발견하고 또 섰다. 일면 선하게도 보이고 빌붙으려는 것이 안타깝기도 하고 마구 떠들어대는 얘기들이 재미있기도 하고 불우한 가정출신도 아니면서 망나니처럼 살아온 지난 얘기들을 떠들어대니 불쌍도 했다. 온정도 느꼈지만 경계를 풀 수는 없었다.

앞바람 안개 속을 앞서 달려 KOA 캠핑장에 체크인을 했다. KOA Camping Of America는 통나무집, RV용 일반차량용 Hiker/Biker용 캠핑시설, 휴게실, 오락실, 매점까지 갖추었고 안전요원도 있다. 수영장도 좋고 캠핑장에 전기히터도 있었고 1박에 10달러였다. Hiker/Biker 자리는 멀리 구석진 곳이었다. 텐트를 쳐놓고 벤치에 앉았는데 애리조나 남자가 쫓아왔고 내 옆에 앉더니 텐트를 칠까 말까 상황을 살피는 눈치였다. 그때 매니저가 와서 체크인했냐고 묻자 어디 가서 잘지 모르겠다며 사라졌다. 나는 10달러를 내고 체크인해줄 마음이 굴뚝같았다. 그러나 당장의 저녁식사는 또 내일부터는 어떻게 할지 문제가 나를 자제하게 했다. 저녁식사만 먹여줄까도 생각했지만 필사적으로 나를 쫓아오던 모습이 떠오르며 냉정해졌다. 그러나 내가 여태까지 남들의 도움을 받기만 했고 누구를 도와주지는 않았다는 자책까지 들면서 마음은 많이 불편했다.

샤워장은 더운물이 너무 잘 나와 빨래도 했다. 텐트 옆 나무에 줄을 치고 빨래를 널었더니 밤안개가 밀려오기 시작했다. 이름만 안개일 뿐 가랑비 수준이었다. 잠시 사이에 꽉 짠 빨래가 흠뻑 젖어 물이 떨어지기 시작했다. 가로등이 늘어서 있었지만 5m 앞도 보이지 않았다. 캘리포니아 해안의 밤안개는 계속 이렇다.

○ 잃어버린 휴대폰을 우송받다

　자전거 여행의 처음부터 S5에 미국 T-Mobile SIM카드를 넣어 미국내 통화와 GPS로 사용하고 있었는데 이 캠핑장에 흘려놓고도 모른 채 출발했다. 그리고도 며칠 동안 모르고 지냈고 알았을 때는 어디서 사라졌는지 기억할 수가 없었다. 라이딩을 마치고 귀국한 한 달쯤 후 이 캠핑장에서 이메일이 왔다. 전화기를 습득해놓고 있는데 당신 것으로 보인다, 확인을 해달라, 우송해줄 주소를 알려달라는 것이었다. 믿기지도 않을 지경이었다. 그래서 이 전화기는 다시 나에게로 돌아왔다. 고맙고 감사하고 또 참으로 놀라웠다. 선진국 문화의 단면이겠다.

캠핑비: $10

크루즈 로도덴드론 공원
(Kruse Rhododendron State Park)
제29일

○ 빨래를 못 말리고 있다

모래바닥이 따뜻해서 너무 편하게 잘 잤다. 텐트 주변의 아침 새소리
가 좋았다. 밤새 안개에 흠뻑 젖은 빨래를 빨리 말려야 했다. 매일 햇
빛은 라이딩 중에 가끔 잠시만 났고 종일 흐린데다 바다안개는 차가워
체온상실로 피로했다. 빨래를 자전거 뒤에 매달아서 달리는 바람으로
말리기도 하지만 때로 안개비 가랑비까지 내렸다. 젖은 빨래는 패니어
에 며칠을 넣고 다녀도 기온이 차가우니 냄새가 나진 않았다.

○ 또 만난 애리조나 남자

맨체스터 KOA캠핑장을 나설 때는 햇빛이었다. 비탈에서 자전거를
밀고 올라가느라 헉헉대는 애리조나 남자를 또 만났다. 지난밤 KOA에
서 쫓겨나 근처의 주립공원에서 잤단다.

불쌍한 마음에 어제 장을 본 소시지 뭉치를 꺼내서 주었다. 더 이상
따라오지 말라는 뜻이기도 했다. 비탈 위에 식당이 있어 아침식사를
하려고 자전거를 세워 자물쇠를 채우는데 그새 쫓아왔고 따라 들어오
려는 기세였다. 외면해 버리고 어떻게든 빨리 떨구어 내야 했다. 무시

하고 몸을 돌려서 식당으로 들어갔더니 따라 들어오지는 않았다. 그렇게 한 후로는 그는 다시는 보이지 않았다. 내 뜻을 알고 피한 것이다.

○ 다시 만난 RV 가족

　며칠 전 레드우드 캠핑장에서 옆자리에 있었던 RV가족을 이 식당에서 또 만났고 커피를 함께 했다. 그들은 어제 내가 잤던 맨체스터 KOA에서 며칠을 보내고 있었고 식사하러 아빠가 꼬마만 데려왔다. 그는 와이프와 사이가 좋지 못해 보였다. 와이프가 실망하고 있었다. 그도 나름 노력은 하는듯했으나 덜렁대며 배려가 부족하고 자기 마음대로 편한 대로 마구 행동하는 것이 문제되고 있었다. 와이프는 차분한 성격이었고 착해 보였는데 수심이 쌓인 채 참고 있는 것이 보였다. 안타까운 느낌이었다. 그런데 이때는 남자도 며칠 전과 달리 얼굴이 슬퍼 보였는데 '이혼을 생각한다', '어디 큰 호숫가의 캠핑장에 가서 일하고 싶다'는 소리를 했다. 5살인 꼬마는 나를 다시 만나서 밝아지며 좋아하고 있었으나 며칠 전의 천진함이나 활기가 아닌 불안감을 드러내고 있었다. 나는 그에게 와이프의 마음에 맞추어주려고 노력해보라고, 둘이 함께 행복하길 바란다고 인사하고 헤어졌다.

○ Anchor Bay, Gualala, Gualaks, Stewarts Point 해안경치

　이날 태평양은 종일 조용했다. 캘리포니아 1번도로의 Anchor Bay, Gualala, Gualaks, Stewarts Point 등 경치는 실로 말을 잃게 했다. 평온한 바다에 떠 있는 작은 바위들과 벼랑의 협만들은 보는 위치에 따

라 경치가 달라지며 신비감도 준다. 대지를 넓게 차지한 목장주택과 고급별장이 많다. 안개 속 벼랑 밑 검은 모래해변 바다에는 물놀이 고무보트들이 있었다. 바다는 해조류, 쓰레기, 뿌리채 뽑혀 떠다니는 나무들로 덮여있었다. 나무들은 큰 그루터기들이나 가지들이나 모두 파도에 시달리느라 껍질이 벗겨져 하얗게 빛났다. 태평양 남쪽해안에서 허리케인이 올라오고 있었다.

언덕을 오르니 사구가 하구를 막은 긴 강 호수에는 물풀들이 드넓게 펼쳐져 있었다. 감성적인 정취였다. 물풀 사이에 한 사람이 앉은 작은 배 두 척이 눈에 들어왔다. 긴 호수 끝까지 가서 안개 속에 고개를 넘으니 벼랑해안이었다. 도로가는 목장철조망이고 전망 좋은 벼랑은 땅을 넓게 차지한 목장주택들이 울타리로 바다를 가렸다. 바다에는 높고 뾰족한 바위, 둥근 바위, 널찍한 바위, 공 같은 작은 바위 등 각양각색의 바위들이 떠있었다. 바위섬에도 돌출해안에도 동굴들이 많았고 구멍 속으로 파도가 통과하며 흰 포말을 드넓게 펼쳤다. 철조망 끝 벼랑이나 숲 속은 모두다 전망소였다. 모두 다 가보고 싶었지만 그러지 못해 아쉬웠다. 경치에 말을 잃은 채 혼자서 천천히 달렸다.

○ Kruse Rhododendron State Park 캠핑장

자전거를 조립해 타는 보스턴 의사를 여기서 다시 만났다. 그는 날씨예측을 잘못해서 하늘만 가리고 옆구리가 없는 오픈 텐트를 갖고 와서 추위로 고생하고 있었다. 이 캠핑장은 깊은 산 숲 속이었고 우리 둘뿐이었다. 온몸을 드러내놓고 자야 하는 그는 야생짐승을 불안해하며 뾰족한 가지를 구해오기도 했다. 옆에 두고 자다가 짐승이 나타나면 찔러

버리겠다고 했다. 그런 사정인 그는 모텔을 자주 이용하고 있었지만 근처에는 없었던 것이다. 파이어 우드를 두 묶음 사 와서 밤에도 아침에도 계속 피웠고 덕분에 나도 따뜻함을 즐겼다. 내가 먹는 음식량을 보고 그렇게 먹으며 어떻게 말라 있냐고 의아해했다. 그는 도무지 먹지도 않는 것 같았다. 나는 미안해서 텐트 속에 들어와서 먹으며 양을 채워야 했다.

캠핑비: $5

보데가 모래언덕 공원(Bodega Dunes State Park)
제30일

○ 아침 안개 속의 추위

 아침에는 너무 추웠다. 손발이 시리고 오한을 느꼈다. 보스턴 의사는 먼저 출발하며 중도에 모텔이 나타나면 일찍 들어가 쉬겠다고 했다. 추운 밤 동안 하늘만 덮은 텐트 아래서 짐승도 무서웠고 엄청 떨었을 것이다. 출발부터 짙은 안개였고 10m 앞도 보이지 않았다. 해안을 달리고 있었지만 바다가 어디에 있는지 먼지 가까운지 알 수도 없었다.

○ Fort Ross 해안, Point Ross State Historic Park 해안

Fort Ross에 이르니 안개가 걷히며 바라보이는 태평양 해안이 잔잔했다. 그래도 바람은 강한 편이었다. 비탈은 옛날 러시아의 목장이었다. 잔잔한 태평양에는 수많은 크고 작은 바위들이 바다를 매울 듯 떠 있었다. 끝없이 넓은 무채색 캔버스에 유성물감 덩어리들을 뿌려놓은 것 같기도 하고 또 온갖 바다짐승들이 게으르게 졸고 있는 듯 다양한 모습이었다. 바위에 부딧히는 흰 포말도 없이 조용하고 잔잔했다. 말 그대로 산속의 작은 호수처럼 잔물결도 없었다. 곳곳에 작은 협곡해안도 많았다. 헤아리기 어려울 정도로 많았다. Goat Rock State Beach, Sonoma Coast Beach, Jenner 해안, Bodega 해안에는 바다 위에 떠있는 무수한 작은 바위들은 신비로웠다. 바위경치들은 계속 반복되니 한편으로 유사하게 보이기도 하지만 보는 위치에 따라 각도가 조금만 변해도 또 다른 모습으로 변했다.

○ Russian River 만

모래둑으로 막혀 육지 사이로 깊이 들어온 만은 멀리 산 위를 덮은 안개 밑으로 아련히 보였다. 해안 모래둑에는 하얗게 벗겨진 나무그루터기들이 모래에 반쯤 묻힌 채 펼쳐져 있기도 했다. 신비로운 정경이었

다. 아주 예쁜 작은 강이 있었고 강 하구는 작은 만이었는데 이름에 러시아가 붙어있었다. 이쪽은 '러시아'가 붙은 지명들이 자주 나타났다. 19세기 초에 러시아계 회사들이 이 일대에서 레드우드 벌목, 목장 경영, 모피 사냥 등 사업을 최초로 시작하였고 그들이 남긴 흔적들이 많기 때문이었다.

○ Russian Gulch의 내리막

해안은 다시 안개로 완전히 가려졌다. 육지의 산은 안개 사이로 잠깐씩 보이며 노랗게 마른 목초지였고 높은 산 능선은 뿌연 안개 속에서 모양을 수시로 둔갑하며 신비로웠다. Russian Gulch의 내리막은 안개 속에 완전히 숨었다가 햇빛에 조금 드러났다가 전체가 다 보였다가를 반복했고, 갈지자의 곡예를 하며 길게 내려갔다. 경치는 좋았다. 고개를 내려와 뒤를 돌아보니 까마득한 안개 속에서 갈지자로 오르내리는 자동차들이 가물가물 보였다가 금세 안개에 감춰지고 있었다. 아침식사 식당에서 만났던 부자(父子)는 차를 몰고 다니느라 그동안 나를 세 번이나 봤다고도 했다. 뿌연 안개 속에서 숨었다 드러났다 하는 내륙의 산들은 노랗게 마른 건초들로 황무지처럼 보이기도 했고, 안개와 색상이 혼합되며 신비롭기도 했다.

○ 보데가 사구 캠핑장(Bodega Dunes State Park)

이 캠핑장은 바닷가의 모래언덕이었고 바퀴가 빠지니 짐자전거를 끌고 올라가기가 힘들었다. 모래 위로 만든 트레일을 따라 도로로 나가서 다시 도로를 타고 Bodega Bay 마을로 나가서 내 버너와 연결방식이 맞는 가스통을 살 수 있었고 사과, 요구르트, 소고기를 사 왔고 오랜만에 소고기를 실컷 구워먹었다. 베이 마을은 복잡한 관광지였고 소고기는 다른 곳 가격보다 3배는 비쌌다. 오랜만에 내 버너에 맞는 가스를 발견하고 여유 있게 두 통을 샀고 구워먹을 수 있었다. 미국에서는 우리 한국식 버너에 맞는 가스통을 사기가 어렵다.

○ S5가 없어진 것을 발견하다

갤럭시 S5가 없어진 것을 여기서야 알게 되었다. 저녁에 바다는 안개가 있었지만 심하지 않고 바람은 방향이 바뀌어 육지에서 바다로 불기에 Hiker/Biker Site 뒤편 숲에 빨랫줄을 치고 며칠째 갖고 다니는 젖은 빨래를 몇 시간 걸었다. 밤에는 다시 안개가 짙어져서 걷어야 했다. 그래도 빨래는 그새 건조 상태가 좀 나아져 있었다.

○ 곱슬머리 장발 남자

내가 도착하니 모래언덕 숲 속 구석에 이미 텐트를 쳐놓은 장발의 곱슬머리 백인남자가 있었다. 복장도 행동도 걸인이었고 내용도 없는 얘기로 통화를 끝없이 하고 있었는데 얘기하는 투는 정상적으로 보였다. 나에게 먼저 인사를 걸어오기도 했지만 간단히 대답만 하고 말았다.

이 캠핑장은 북쪽 모래 속 트레일의 정식출입구 외에 남쪽에 마을로 통하는 모랫길이 또 있어서 무단으로 들어와 이렇게 지낼 수 있었다.

○ 암환자 돕기 캠페인 라이더

암환자 돕기 캠페인 라이딩을 한다는 남자가 어두워질 때 도착했다. 이날이 3년 4개월이 되는 날이라 했다. 캐나다 미국 멕시코 3개국 해안 32,000마일을 돌아서 여기 Bodega Dunes State Beach 캠핑장에 도착했단다. 자신은 암이 몇 기였는데 라이딩을 함으로써 완치되었고 체력도 엄청 좋아졌다고 했다. 자전거에 매단 트레일러에 접이식 책상과 컴퓨터, 중형텐트까지 싣고 다녔다. 저런 것을 모래언덕 위로 끌고 올라오니 엄청난 체력이었다. 딸과 둘이서 라이딩하는 데 일이 있어 딸은 못 왔는데 며칠 후 다시 합류한다. 미국 국기도 캠페인 간판도 달았다. 모금함은 무거운 쇠사슬로 칭칭 감았는데 무슨 의미가 있는지 모르겠다. 키를 갖고 있으니 돈은 언제든지 꺼내 쓰는 게 아닐까? 다음 날 아침 출발 때 얘기해보니 여기서 며칠을 지낸다고 했다.

캠핑비: $5

사무엘 테일러 공원(Samuel P. Taylor State Park)
제31일

○ 안개에 젖은 아침의 출발

매일 칙칙하고 차가운 물기의 안개 속이라 이젠 지치고 지겨워졌다. 아침 바닷가는 나무들도 모래바닥도 아직도 짙은 물안개 속에 완전히 젖어 있었고 무척 추웠다. 텐트의 물기를 털고 또 닦고 나서 천천히 출발했다. 캠핑장에서 가까운 보데가 베이 마을은 요트들도 많은 휴양지였다. 보데가 베이 만을 나서자 고개들을 오르내리면서 높은 산 두 개를 한참 올랐다. 구름 속을 드나들면서 좌우로 늘어선 산들 사이에서 비탈들을 오르내리며 달렸다.

○ 체력이 바닥나다

가볍고 성능 좋은 사이클은 잘도 올라갔지만 뒷기어가 엉터리인 내 짐자전거는 나를 탈진시키고 있었다. 모텔이 보이면 비싸더라도 들어가 쉬고 싶었고 근처에 혹시 있는지 구글지도를 아무리 살펴봐도 절망이었다. 까마득하게 긴 직선의 비탈길을 오를 때는 자전거를 탈 힘이 완전 소진되었고 언제라도 금방 쓰러질 것만 같았다. 남아있는 캐러멜을 에너지를 보충해보려고 계속 먹어대며 겨우 밀고 올라가는데 몇 차례 정신이 혼미해지기도 했다. 마침내 고개 위에서부터는 내리막이라 저절로 내려갔다.

고개 아래에 Tomales라는 마을이 나타났다. 이제 살 수 있게 된 것이다. 무조건 쉬고 배를 채워야 했다. 빵과 설탕이 많이 든 코카콜라 그리고 주스와 아이스크림을 먹고 시간을 보내니 힘이 났다. 여기서 만난 청년들 6명은 알래스카에서부터 태평양 해안을 따라 아르헨티나 끝까지 라이딩하고 있었다. 이들은 만났다 헤어졌다 하면서 나와 샌프란시스코까지는 같이 갔지만 나는 자전거도 체력도 이들과 보조를 맞출 수가 없었다.

○ 미친년 널뛰기의 Tomales Bay 길

당분을 채운 후 Tomales Bay를 따라가는 길은 미친년 널뛰기였다. 저절로 욕이 무척 나왔다. 100m 정도조차도 직선평지가 없었다. 가파르게 올라갔다가 푹 꺼져 휘돌아 내려갔다가 다시 가파르게 올라갔다. 이렇게 짧은 업다운의 반복은 정신까지도 지치게 만들었다. 어제 저녁에 고기를 많이 구워먹었고 아침에도 고기에다 감자를 먹었는데도 힘이 안 났다. 한국인 체질은 역시 밥을 먹어야 힘이 난다. 안 먹고 고기로만 배를 채운 탓이었다. 단백질로만 배를 실컷 채우더라도 하루 섭취할 수 있는 양은 한계가 있다고 했던 것이다.만 옆길은 삼나무 숲이 깊었고 만 속에는 굴 양식장이 많았다. 만 속 깊은 골짜기에는 습지도 넓었다.

○ 캐러멜로 버티다

Point Reyes 동네에서 1번도로와 헤어져 내륙으로 들어섰다. 고개를 만날 때마다 힘이 없어 내려서 밀고 올라갔다. 점심을 충분히 먹었지만 벌써 기운이 전혀 없었다. 새로 산 초콜릿과 주스를 계속 먹어대니 나중에야 기운이 조금 생기는 듯 느껴졌지만 언제라도 금방 쓰러져 못 움직일 것 같아 불안하기만 했다.

중도에 또 만난 긴 산비탈에서 밀고 올라갈 때는 되돌아 내려가고 싶었다. 그러나 갖고 있는 자전거 지도에도 또 휴대전화로 보는 구글지도에도 여기서도 식당도 민가도 보이지 않았고 목적지까지 가야만 했다. 자전거를 탈 때는 체력이 바닥나기 전에 계속 먹어주어야 된다. 일단 바닥나고 나면 아무리 먹어도 금방 힘을 만들어내지 못한다. 그런 경우는 충분히 잘 먹고 나서 또 충분한 휴식시간을 가져야 점차 회복된다. 회복시간이 오래 걸리는 것이다.

○ Samuel P. Taylor State Park

고개를 넘고 골짜기로 깊이 들어가더니 업다운이 없는 평지였고 샌프란시스코가 멀지 않은 Samuel P. Taylor State Park에 도착했다. 물이 흐르는 계곡의 레드우드 거목 숲 속이었다. 가까운 샌프란시스코에서 자동차에 자전거를 달고 와서는 차는 어디엔가 주차해놓고서 값싼 Hiker/Biker 자리에 체크인해서 며칠을 쉬는 요령 좋은 커플노 있었고, 동양인 남자와 백인여자 커플도 있었으며, 너무 큰 텐트를 혼자서 갖고 다니는 조그만 체구의 백인 미국여대생도, 또 강한 영국식 악센트로 자기 얘기만 거창하게 떠들어대는 어린 영국아가씨도 있었다.

이 캠핑장도 한 사이트에 8명으로 제한했다. 아메리카대륙 태평양 해안을 종주하는 팀은 도착이 나보다 늦었다. 6명이나 되는 그들은 늦은 시간에 텐트 칠 자리가 없다며 어디론가 갔다.

캠핑비: $5

SHARE
THE ROAD

Part 4

샌프란시스코 도착
| 제32일 |

○ 샌프란시스코 호스텔까지는 32마일. 뒷기어 교체

   캠핑장에서 샌프란시스코의 호스텔까지는 32마일 52km 정도였다. 샌프란시스코로 가는 레드우드숲 계곡길은 비탈도 아닌 쉬운 업힐이라 어느새 정상 능선에 올라있었다. 역시 완만한 내리막으로 Fairfax, Ross 마을을 지나며 여유롭게 커피도 마시며 갔다. 마침 성당의 축일이라 Ross 마을의 길가 성당에도 잠시 들어갔다.

   Ross 마을 자전거 숍에서 뒷스프라켓을 톱니 36개짜리로 교체했다. 내 여행용자전거 Jamis Aurora는 스프라켓 톱니가 32개까지였다. 사이클 수준이라 평지에서는 속도가 좋았지만 오르막만 만나면 대책이 없었다. 짐을 많이 싣는 여행용으로서는 어처구니없이 잘못 설계된 것이었다. 그동안 늘 바꿀 생각이었는데 비탈이 많은 미 태평양 해안길에 와서는 더 미룰 수가 없었다.

   자전거를 고치고 나서 금문교 북쪽해안 쏘살리토 Sausalito 의 식당에서는 점심도 먹고 힘이 나서 가파른 금문교 업힐도 어렵지 않게 차고 올라갔다. 기어를 바꾼 효과였다. 금문교 다리 위에서는 오랜만에 다시 보는 샌프란시스코가 눈에 들어왔다. 다리 위의 관광객들을 피하느라 자전거를 끌다 타다 했다. 금문교 위의 바람은 쓰고 있는 내 안경을 날려버릴 것만 같아 잠시라도 방심할 수가 없었다.

샌프란시스코에서
| 제33일~35일 |

오랜만에 다시 가본 샌프란시스코였다. 옛 군용건물을 개조한 호스텔 Fort Mason에서 4박을 하며 쉬었다. 대도시에서는 식사든 무엇이든 마음대로 골라가며 할 수 있다. 호스텔은 1797년 스페인이 처음으로 세웠던 산호세 San Jose 포대 터였다. 1850년에 미국이 병영건물을 세웠는데 그 후 이를 다시 숙소로 개조한 것이었다. 건물이 커서 휴게실이 널찍하고 자전거 보관소도 좋았다. 가까운 주변에 슈퍼마켓도 있고 식당들이 많았다.

샌프란시스코에서 사는 고교친구 춘성 씨가 호스텔로 찾아와서 이틀간 차로 금문교 북쪽반도의 보니타곶 등대 Point Bonita Lighthouse, 멘델포대 Battery Mendel, 공원, 해변, 시내로 돌아다녔고 밤에는 술도 마셨다. 쏘살리토 해변에 다시 가서 식사도 했다. 현지를 잘 알고 또 차가 있어야 가볼 수 있는 곳들이었다. 포대들은 샌프란시스코 좁은 만을 드나드는 선박들을 눈 아래로 내려다보며 쉽게 격침시키고 만을 봉쇄할 수 있는 요충지였다.

○ 요세미티 투어

요세미티 일일 투어도 했다. 숙소 카운터에서 투어를 신청했고 새벽에 버스가 와서 픽업하고 다시 데려다주었다. 요세미티 계곡에서는 자전거를 빌려 타고 구석구석 돌아다녔는데 기온은 43도에 달하여 햇빛 아래 서있을 수조차 없었다. 처음 타본 그 자전거는 브레이크가 따로 없고 페달을 눌러서 멈추는 것이었는데 처음에는 내리막에서 브레이크를 잡을 줄 몰라 발을 끌어도 소용이 없었고 트레일 가드 기둥을 들이박고야 섰다. 다칠 뻔했다. 자전거를 빌리자 신이 나서 브레이크가 어떤지 살펴보지도 물어보지도 않고 바로 타고 나섰던 것이 문제였다. 자전거로 구석구석을 돌아다니며 보니 요세미티는 호텔 방갈로 트레일 등 편의시설들이 30여 년 전 옛날과는 많이 달라져 있었다.

○ 안개의 샌프란시스코

노래가사에도 나오는 샌프란시스코의 안개가 부리는 조화는 오묘했다. 샌프란시스코의 안개는 아침에도, 낮에도, 금문교북단의 산 위에서도, 숙소 근처에서도, 베이브릿지에서도, 시내의 높은 언덕에서도 수시로 변화무쌍한 경치였다. 기온은 8월인데도 섭씨 7도까지 내려가며 추웠다.

샌프란시스코 시내에서는 〈I left my heart in San Francisco〉 노래가사를 생각하며 7달러나 받는 케이블카도 일부러 잠깐 타봤고 차이나타운에 가서는 중국음식으로 배도 실컷 채웠다. 샌프란시스코 차이나타운은 규모가 비 아시아권에서는 가장 크다. 북미에서는 가장 일찍 형성된 차이나타운이었다. 1848년부터 미대륙 횡단철도 건설과 금광 채굴을 위해 홍콩 주변 광동지역의 남성들이 아메리카대륙에 유입되었고 그와 함께 노동자들의 생활보조를 위한 중국여성들도 유입되었다. 철도공사와 골드러시가 끝나자 이곳으로 대거 옮겨와 정착하였고 시

정부는 중국인 지역으로 지정해주었다. 골드러시 말기에는 매춘여성들이 대거 유입됨으로써 1870년대에는 거주 중국여성들의 70%인 1,800여 명이 매춘에 종사하기도 했다.

또 샌프란시스코의 두 개 경찰서 중 하나가 이곳에 있는데 경찰관들은 거의 중국인들이다. 찾아오는 관광객 수는 금문교보다도 더 많다. 세계 어느 나라에서든 몇 세대를 살아도 현지에 동화 흡수되지 않고 자기네 문화, 네트워크, 정체성 등 모든 것을 본국에서처럼 유지하고 있는 전형적인 곳이다. 샌프란시스코의 인구 865,000명 중 21.4%가 중국인이며 한국인은 1.2%, 일본인은 1.3% 정도라 한다.

높은 언덕 위에는 그레이스 대성당이 있었다. 이 성당 정문은 피렌체 산조반니 세례당의 로렌초 기베르티 작품 〈천국의문〉을 그대로 복제한 청동대문이라 놀랐다. 믿어지지 않아 한동안 살펴보고 또 살펴보았다. 성당 언덕의 남쪽 가파른 비탈골목에는 숨을 헉헉대며 뛰어 오르내리기를 반복하는 사람들도 있었다. 저렇게 몇 번만 뛰어도 운동량이 엄청날 것이다.

호스텔 4박: $42×4=$168

하프문 베이(Half Moon Bay)
| 제36일 |

○ 뒷디레일러(De Railer) 정비

　4박을 쉬고 나서 출발하는 아침에는 차갑고 짙은 안개와 으스스한 바람이 나설 힘도 의욕도 사라지게 했다. 더 쉬고 싶기만 했고 자전거에 올라타기가 싫었다. 찬바람을 헤치며 아침안개 속으로 다시 금문교 남단까지 나갔고 비탈을 올라 해안, 시내, 공원 호수 골프장들을 지나 Daly City, Pacifica, Linda Mar, Montara를 차례로 지나서 Half Moon Bay State Beach 캠핑장에서 1박했다. 남쪽의 Pacifica로 넘어가는 언덕에서는 자전거에서 뭔가 부딪치는 소리가 나면서 저단변속이 되지 않았다. 무슨 일일까 난감했다. Pacifica 마을 구석에는 자전거 숍 Gearhead Bicycles이 있었다. 물어물어 찾아가 정비를 했다.

　시애틀을 출발하여 겨우 2,000km를 탔는데 국내에서 새로 교체해온 체인이 벌써 늘어났다. 늘어난 체인 때문에 며칠 전에 새로 교체한 스프라켓의 지름이 커진 기어와 체인을 당겨주는 디레일러의 기어 Guide Tension Pulley 가 서로 부딪치고 있었다. 29인치 휠에다 많은 짐을 싣는 여행자전거인데도 뒷기어는 사이클용이었던 것이다. 그러니 체격도 힘도 없는 나는 비탈만 만나면 못 올라가고 생고생을 했었다.

　자전거 숍 여주인은 자전거선수로 활동하다가 15년째 이 숍을 운영하고 있다는데 성실하고 신뢰가 가는 전문가였다. 나를 완주할 수 있도록 해주겠다며 정성을 다해 주었다. 자전거를 고쳐서 고맙기도 했고 감동했다.

○ Half Moon Bay 캠핑장, 버너에 맞는 가스를 샀다

하프문베이에 도착하여 가스를 찾느라 가게들 몇 군데를 돌아다닌 끝에 웨어하우스에서 가스를 살 수 있었다. 내 버너에 맞는 가스를 사는 것이 처음부터 마치는 날까지 내내 가장 애로사항이었다.

캠핑장은 해변 모래바닥이었다. 1m쯤 될 낮은 관목과 덤불숲이 일대를 뒤덮고 있었다. 숲에는 토끼와 너구리 Raccoon 들이 많았다. 너구리는 텐트 속 음식냄새를 맡고 발톱으로 텐트 문을 열고 음식을 훔쳐 가기도 한다.

캠핑장은 바닷바람이 강했다. 강한 바닷바람에 시달린 가지들이 땅에 깔린 나무 밑에 텐트를 쳤다. 나뭇가지들이 해풍에 시달리며 한 방향으로 넓게 퍼져 하늘을 덮은 큰 나무 밑이었다. 좋은 은신처였다. 밤중에는 라쿤의 공격도 심했다. 쫓아내도 금방 또 왔다. 랜턴의 집중 광선으로 눈을 비추면 꼼짝 못하고 서기도 했다. 돌을 던져 쫓으면 나무 위로 높이 피해 올라갔다가 어느새 내려와 가까이 와서 공격할 태세를 갖추고 있었다. 같이 살고 같이 죽겠다는 듯 함께 움직이는 한 가족 네 마리였다.

캠핑비: $5

쏘퀼(Soquel)
제37일

○ 무장하고 라이딩하는 남자

내 옆에 텐트를 쳤던 40세쯤 되는 백인남자는 아침 출발 때 보니 등에는 배낭을 메고 종아리에다 대검 같은 긴 칼을 차고 자전거에다 패니어를 달고 또 트레일러까지 매달았는데 시애틀까지 간다고 했다. 배낭이 20파운드가 넘는다고 자랑하듯 얘기하며 씩씩하게 나섰다. 뒤에 남은 사람 모두가 고개를 절레절레 흔들며 이상해했다. 아침에도 캠핑장에는 토끼들이 많았다. 밤중에 음식냄새를 맡고 내 텐트를 긁어대고 텐트 자크를 열며 발을 밀어 넣기도 하여 잠을 몇 번이나 깨웠던 너구리들은 어디에 숨었는지 보이지 않았다. 돌멩이라도 던져서 혼내주고 싶었다.

○ 유대인 할머니

캠핑장 근처의 몰에서 아침식사를 하다가 옆자리에 앉았던 할머니와 잠시 얘기를 나누었다. 예루살렘 성안 출생의 유대인 할머니였다. 19살 때 결혼하여 69년도에 미국에 왔고 이 동네에서 딸의 집과 이웃하며 사신단다. 미국에 온 후 남편이 바람을 피우기 시작하여 다른 가족까지 있고 오랫동안 헤어져 살았지만 이혼을 안 해주었단다. 독실한 가톨릭 신자였다. 눈빛도 얼굴도 너무 맑아 투명한 듯했고 선해보였다. 예루살렘에는 아직까지도 다시 가보지 않았단다.

○ 관목 숲으로 덮인 절벽해안

　　Half Moon Bay, San Gregorio, Davenport, Santa Cruz를 지나며 Soquel의 New Brighton State Beach 캠핑장까지 60마일 96km 을 라이 딩했다. 해안 길가는 이름 모를 푸른 관목들, 덩굴들이 뒤덮었고 도로 옆 벼랑 아래는 백사장이었다. 길은 긴 파장으로 출렁대며 산 중턱까지 높게 올라갔다가 물가백사장까지 내려오기를 반복했다. 길가 관목 숲

끝 사암절벽은 흙빛이라 무너질 것만 같았다. 절벽 위 관목숲 속에는 한 백인남자가 접이의자에 앉아 컴퓨터에 열중하고 있었다. 연출 같은 모습이었다. 자동차를 도로가에 세워놓고 위험표지 너머 절벽 끝에 서서 바다를 바라보는 사람도 있었다. 셀카로 내 얼굴을 찍어보니 슈퍼에서 사서 바른 썬크림이 허연 떡칠로 나왔다. 싸구려를 샀던 것이다.

해안벼랑에서는 바위줄기가 돌출되어 바다 속으로 길게 뻗어 들어가고 있었다. 바위는 누른 흙 색깔이었고 그 위에는 사람들이 많았다. 바닷속 바위도 해안절벽도 누른 색깔이라 사암인지 응회암인지 궁금했으나 알 수가 없었다. 작은 바위줄기 너머 광대한 바다에 떠있는 바위들은 잠을 자며 부유하는 게으른 바다사자들 같기도 했다. 해안절벽 위 도로변 공터에는 지나가던 자동차들이 드나들며 쉬어가고 있었다.

더 남쪽으로는 트랙터가 흙을 고르고 있는 드넓은 밭이 펼쳐지고 먼 끝에는 등대가 서있었다. 관목 숲이 끊어진 도로가는 억새 숲도 있었다. 주말이라 멋진 사이클 대열이 지나가기도 했고 나 같은 여행용 자전거들도 보였다. 도로는 벼랑바닥에서 태평양물가에 맞닿아 달리기도 했는데 해안침식을 막기 위해 바윗돌 축대를 증축하는 공사를 벌이고 있었지만 큰 파도가 밀려올 때는 파도에 잠겨 통행이 안 될 것 같았다.

길은 물가에서 다시 벼랑 위로 올라갔고 도로가 양편은 철조망이 길게 이어지는 목장이었다. 목장에는 소들은 없고 잡풀 숲이었으며 노란색, 흰색 야생화들이 아름다웠다. Davenport 마을에 이르니 뒷산은 한여름에 흰 눈으로 덮인 설산처럼 보여 신기했다. 종일 업다운이 거의 없는 쉬운 길이었다.

○ 처음으로 난 펑크

　산타 크루즈 Santa Cruz 시내로 들어갔다. 큰 도시였다. 북쪽의 시내 입구는 도로 아스팔트에 세로로 길게 갈라진 틈들이 많았다. 지도와 도로표지를 살피느라 잘 피하지 못했다. 갈라진 틈새에는 빗물에 쓸려 온 깨진 유리, 못 등 자전거 타이어를 망치는 것들이 항상 쌓여 있는 법이다. 당연히 펑크가 났다. 느낌이 흐물거리는 듯 이상하더니 뒷타이어가 땅에 퍼진 채였다. 이걸 어쩌나 하며 좀 끌다 보니 길 건너편 코너에 자전거 숍이 있었다. 펑크 지점으로부터 불과 100m 정도의 거리였다. 하느님 감사합니다! 자전거에는 큰 못이 박혀있었다

○ 나의 닉네님 Liberty 도로표지판을 발견하다

　산타크루즈의 해안에는 해수욕장들, 요트들이 정박한 하버 Harbor, 대형 놀이공원도 있었다. 시내 도로표지판에서 나의 닉네임 리버티 Liberty Street, 를 발견하고 너무 반가웠다.

○ 쏘퀼의 주립공원 New Brighton State Beach 캠핑장

캠핑장은 산타크루즈 시의 동쪽 동네 쏘퀼의 해변 언덕위에 있었다. 캠핑장으로 가는 길에는 멕시코 사람들의 가게가 여기저기 보였다. 작은 슈퍼 〈멕시컨 마켓〉에서 소고기 Tri Tip을 사서 구워 먹었는데 싸고 맛이 너무 좋았다. 간만에 소고기를 실컷 먹었다.

캠핑장 오피스에서는 체크인 때 자전거와 소지품 관리를 철저히 하라고 강조했다. 이 일대가 유명관광지라서 유동인구가 많아 도난사건이 자주 있다는 것이다. 그러다 보니 화장실 콘센트에 몇 시간씩 꼽아놓고 충전하는 전화기를 제대로 충전하지 못했다.

어제 캠핑장에서 책을 열심히 읽던 50대 남자와 20대 남녀커플이 먼저 도착해 텐트를 쳐놓고 있었다. 50대 남자는 오늘도 먼저 도착하여 책을 읽는 중이었다. 자전거를 차체와 바퀴까지 철봉에 엮어 묶고 텐트는 50대 남자와 마주보게 쳤다. 이 남자는 젊은 커플이 자전거를 차에 싣고 다니면서 캠핑장 근처에다 차를 세워놓고 자전거로 들어와서 값싼 Hiker/Biker 자리를 사용하는 약은 애들이라고 했다.

밤에는 캠핑장 벼랑 아래 해안에서 들려오는 파도소리가 너무 좋았다. 다음 날 아침 출발 때는 캠핑장 끝 해안 비탈 테이블에서 한국인들 십여 명이 둘러앉아 성경을 들고 기도하고 있었다. 캠핑을 했는지는 알 수 없었고 일요일이었다.

캠핑비: $5

몬터레이(Monterey)
제38일

○ 딸기밭 지평선을 달리다

　캠핑장을 출발 후 평원이 출렁대며 지평선으로 펼쳐졌다. 드넓은 딸기밭이었다. 왕복 2차선 도로의 양편에는 붉게 익은 딸기들이 노출되고 있었다. 신선하고 달콤한 딸기향이 공기 속에 가득했다. 군침이 났고 잠깐 세우고 손만 뻗으면 따먹을 수 있었다. 따먹고 싶은 충동이 들었지만 망설이며 참았다.

　지난밤에 충전을 못했기에 GPS를 켰다 껐다 하다 보니 길을 놓치고 야산 속으로 잘못 들어가기도 했고 황량한 마을 왓슨빌 Watsonville 을 통과하기도 했다. 왓슨빌 남쪽의 벌판에 나서면서부터는 남풍 맞바람이 워낙 강해져서 7~8km의 속도도 낼 수 없었다. 무척 힘든 바람이었다.

○ 내가 좋아하는 사구해안

벌판에서 바람 속을 헤쳐나가다 보니 길은 해안으로 나갔다. 사구해안이 남북으로 수십km 계속되었다. 사구 해안은 북쪽으로 곧게 뻗어가다가 멀리서 좌로 휘어지며 수평선 속으로 들어가고 있었다. 남쪽으로는 사구들이 점점 낮아지다가 평탄한 백사장이 되며 부드럽게 우측으로 휘어지고 있었고, 그 백사장 끝에 버티고 있는 푸른 숲 산은 바다로 뻗어 들어가며 낮아져 수평선과 일치되고 있었다. 그 산 아래가 목적지인 몬터레이였다.

자전거길은 높은 모래언덕들 사이로 달렸다. 산처럼 높은 모래언덕은 길 양쪽에서 이리저리 휘어지고 굽어지며 길게 이어졌다 짧게 끊어지기도 했고 길은 그 속에서 모래에 반쯤 묻히기도 한 채 높게 낮게 오르내리고 있었다. 그 모래언덕들은 또한 강한 앞바람을 가려주고 있었다.

자전거길 왼쪽의 모래언덕 너머에는 1번도로가 철망으로 차단된 채 달리고 있었고 온갖 차량들이 질주하고 있었다. 자전거길 오른쪽 모래밭 속에는 철도가 바다와 나란히 달리기도 했다. 사구가 끝난 모래평원 위에는 사막 속 마을 같은 Sand City라는 곳도 있었다. 몸은 완전히 지쳤어도 모래언덕 사이를 달리는 것이 나는 기뻤고 즐거웠고 신이 났다.

○ 내 고향은 어머니 자궁 속 양수(羊水)바다

　태평양 해안의 모래언덕들과 모래언덕을 덮은 부드러운 모래풀들과 밤마다 들려오는 부드러운 파도소리는 까맣게 잊고 살았던, 내 기억에서 지워졌던 무엇을 점점 회생시키고 있었다. 나의 무의식 속에 가라앉아 있는 것, 나의 마음 나의 속성 속에 깊이 숨어있는 화석, 나의 안식처, 내 존재의 고향인 시원始原의 심연, 나의 마음의 고향을 점점 회생시켜주고 있었다. 그것은 내가 왔던 곳이고 내가 갈 곳이고 나의 평안이 숨어있는 곳일 것이다.

　편히 주무시는 엄마 뱃속에서 느끼던 평온한 엄마의 숨소리 심장소리, 내 몸과 영혼의 DNA가 만들어지고 자랐던 내 고향의 바닷가를 찾고 있었다. 그것은 엄마의 자궁 속 양수바다의 기억을 찾는 것이었다. 내 몸과 영혼에 시원적 기억이 새겨지고 욕구와 의식의 원형이 자리 잡기 시작했던, 그 평안했던 물속을 떠올리고 있었다. 내 무의식 속 깊이 가라앉은 암흑 심연의 기억, 태아기의 최초기억이 새겨졌던 따뜻하고 편안했던 그 물속, 엄마의 자궁 속 양수바다의 평화를 회생시켜주고 있었다.

○ 몬터레이 캠핑장(Monterey Veterans Memorial Park)

앞바람에 너무 힘들고 지체되어 몬터레이에 도착하니 6시 30분이었다. 74km 남짓 거리를 8시간이나 걸렸던 것이다. 몬터레이 시내에 들어서서는 해안으로 있는 울창한 숲이 바람을 가려주어 도와줬지만 저녁을 해 먹을 힘도 의욕도 없었다. 맥도널드 간판이 보였고 반가움에 달려가 햄버거와 콜라로 배를 잔뜩 채우고 아침식사로 한 세트를 더 사서 패니어에 넣고 캠핑장을 찾아갔다.

이 공원캠핑장은 엄청 힘들게 올라가는 높은 산 중턱에 있었다. 산 너머 남쪽에는 그 유명한 페블비치 골프장들이 있었다. 여기서 만난 깡마른 백인남자는 오늘도 95마일을 탔다며 내일은 더 멀리 타겠다고 했다. 내심 기가 죽을 수밖에 없었다. 백인들은 원래 체격도 체력도 좋지만 나로서는 크게 잡아도 그들 평균의 70~80% 정도밖에 안 된다. 체력에서는 늘 그들이 부럽기도 하다.

캠핑비: $5

4시간 반을 헤매서 겨우 6마일을 갔다
제39일

○ 네비케이션을 따라나섰다가 산속을 헤매다

아침 출발하며 자전거지도를 보지도 않고 이날따라 구글 네비케이션만 보며 나섰다. 어제의 1번도로는 거의 고속도로가 되어 교통량이 너무 많았기에 도로를 쳐다보지도 않고 의심 없이 네비를 따라 산길로 올라갔다. 그러나 내가 따라 올라간 산속 길은 태평양 해안 종단길이 아니었고 현지인 라이더들의 레크리에이션 코스였던 것이다.

○ 유명 골프장 페블비치 뒷산을 한 바퀴 돌았다

미리 지도를 보고 그날 코스를 잡았어야 했지만 평소와 달리 지도를 보지 않은 탓에 태평양 해안코스는 1번도로를 타야 했지만, 구글은 1번도로를 피해 안내하고 있음을 몰랐던 것이다. 캠핑장에서 산비탈을 내려와 페블비치 Pebble Beach 골프장 뒷산으로 데리고 올라가 산비탈 숲 속을 오르내리며 산 위를 한 바퀴를 돌고 나서 밑바닥으로 내려왔고, 또 그 후에는 산기슭에 붙은 부자동네 카멜 우즈 Carmel Woods 마을로 들어가 주택가 가파른 골목을 이리저리 오르내리고 돌며 끌고 다녔다. 그리고는 또 더 높은 비탈마을 하이메도우 High Meadow 까지 데리고 올라갔다. 평지도 없었고 급비탈의 내리막이 아니면 오르막이었다.

완전히 땀에 다 젖고 마르고를 반복했고 탈진에 이르렀다.

　오리무중 짙은 안개 속에서 깜깜한 한밤중의 깊은 산 숲 속에서 어디가 어딘지 모른 채 헤매는 것만 같았다. 부자동네라 담장들만 높았고 골목에는 사람그림자도 없었다. 그렇게 헤매다가 만난 주민은 이 동네를 벗어나서 1번도로를 타라고 알려주었다. 바로 그게 문제였던 것이다. 1번도로를 타고 카멜 미시온 필즈 Mission Fields 의 쇼핑몰에 도착했다. 자전거 지도로는 6마일 10km 거리이며 고개를 하나 넘으면 되는 직선코스를 4시간 반도 넘게 걸렸다. 지쳐있었다. 무엇에 분명 홀린 것이었다. 너무 지친 데다가 어처구니없이 황당했고 억울했으므로 가련한 내 육신을 위로해주어야만 했다. 쇼핑몰의 가장 좋아 보이는 식당에 들어가 비싼 음식을 먹었다.

○ 구글 네비게이션의 문제점

　구글네비는 목적지로 가다가 길을 잘못 들면 이탈지점으로 되돌아가게 해서 다시 제대로 찾아가게 하지 않는다. 잘못 들어간 곳에서 즉시 새로운 길을 이어 찾아 목적지로 안내한다. 그러므로 내가 계속 체크해서 발견하지 못하면 멀리 잘못 들어간 길이라도 그대로 계속 갈 수밖에 없는 것이었다.

○ 빅서(Big Sur)로 갈 수 있는 상황이 아니었다

　남쪽 빅서에는 벌써 몇 주째 산불이 타고 있었다. 여기까지 오면서 만난 북행 라이더들에게, 도로경찰들에게, 또 중도에 들렀던 스테이트

파크 직원들에게 남쪽 빅서의 자전거도로 상황과 캠핑장들이 정상 운영되는지를 매일 물어보고 있었지만 제대로 아는 사람이 없었다.

자전거 지도에 전화번호가 있는 빅서 쪽 호텔들에 전화해서 확인해 보는 방법이 생각났다. 식당 카운터의 아가씨는 무척 예뻤다. 아가씨와 대화도 해보고 싶었기에 국제로밍전화의 비싼 요금 문제를 얘기하고 식당전화로 좀 확인해달라고 부탁했다. 행색은 초라해도 비싼 음식을 사 먹어서 그런지 무척 상냥했고 친절하게 도와주었다.

확인결과는 빅서의 자전거길은 문제가 없었고 캠핑장은 세 개가 폐쇄됐고 나머지는 정상운영 중이었다. 라이딩 거리를 조정하면 빅서를 통과하는 데 문제가 없을 것이었다. 그런데 빅서의 숙소들은 가장 싼 곳도 $230달러라 세금까지 합치면 250달러가 넘었다. 나 자신과 타협을 해야만 했다.

○ 아침 출발지점 4마일 거리의 카멜
　(Carmel-by-the-sea)에서 1박하다

이날 상황에서는 시간상으로도, 체력적으로도 산불지역으로 갈 수가 없었고 가까운 잠자리를 찾아야 했다. 근처에 캠핑장은 전혀 없었다. 카운터 아가씨에게 다시 도움을 청했고 몇 군데 전화를 건 끝에 방이 하나 남아있는 모텔을 찾을 수 있었고 즉시 예약하지 않으면 놓친다고 했다. 선택의 여지가 없었다. 페블비치 동네 Carmel-by-the-sea의 모텔인데 140달러였다. 내려왔던 산비탈 길을 다시 2마일 넘게 거꾸로 되올라가야 했다. 결국, 이날은 아침 출발 후 종일 헛고생을 하고 캠핑장으로부터 4마일 거리에서 1박하게 된 것이었다.

  방에는 널찍한 욕조가 있었고 햇빛은 따가웠고 공기는 건조했으므로 온탕에서 씻고 빨래도 하고 말릴 수 있었다. 패니어 속 깊이 쑤셔 넣고 다녔던 덜 마른 옷들을 욕조에 넣고 발로 밟아 깨끗하게 빨래하고 마당 햇빛에서 완벽하게 말렸다.

모텔비: $140

빅서(Big Sur)

| 제40일 |

○ 빅서로 가는 길

카멜미시온 Carmel Mission 동네의 슈퍼에서 이틀을 버틸 분량의 닭고기구이와 비상식량을 샀다. 태평양 해안에서는 다음 마을까지의 간격이 멀어 식사를 해결하는 것이 가장 어려운 문제였다. 식당이나 슈퍼가 없는 구간들이 많았다. 닭고기를 잔뜩 사고 마음이 든든해져 출발했다. 남쪽으로는 산불 교통통제 이동식 전광판도 설치돼 있었고 마을 입구마다 또 길가 곳곳에는 산불진화 소방대원을 격려하는 포스터들이 붙어있었다. 주민들의 의식 수준이 느껴졌다.

카멜 히글란즈 Carmel Highlands 부터는 해안경치가 좋아졌다. 옛날 전쟁에서 멕시코로부터 빼앗은 땅이라 지명에는 스페인 발음들이 많았다. 경치 좋은 곳은 고급주택들이 담장을 쳐서 가리기도 했다. 푸른 바다를 담고 있는 협만의 해안바위들은 햇빛으로 빛났고, 관목과 덤불들로 덮인 구릉 끝은 절벽해안이었다. 절벽 아래 조용한 바다 위에는 부유물들이 몰려와 뒤덮여 있었다. 푸른 하늘 아래로 넓게 펼쳐진 해안 절벽 위 구릉에는 녹색 갈색의 관목들 숲이 절벽 아래의 청색바다와 강하게 대비되고 있었다. 해안벼랑 위 넓은 구릉에는 목초지가 깔끔하게 펼쳐지기도 했다. 구불구불 드나드는 해안을 따라 달리는 도로는 바다가 까마득히 내려다보이는 높은 절벽 위까지 올라서기도 했다. 바위절벽 밑 물가에는 작고 하얀 백사장이 얇게 깨진 껍질처럼 붙어있었고, 그 위로 백사장보다 몇 배나 더 큰 흰 포말이 덮여오고 있었다. 푸른 하늘 아래 흰 바위절벽 해안과 그사이에 작은 백사장과 흰색 포말과 모래바닥이 들여다보이는 코발트색으로 빛나는 바다가 침묵하듯 펼쳐지고 있었다.

협만의 바다는 몰려온 부유물들로 가득 덮여 있기도 했다. 해안절벽 위에는 완만한 경사의 평원 목장이었고 길은 그 사이로 달렸다. 잔물결도 흰 포말도 없는 푸른 바다 위에서 햇빛으로 하얗게 빛나는 바위들, 암벽해안, 바다표범을 닮은 바위들, 바위벼랑들 사이에 들어온 예쁜 협만도 많았다. 그러나 캘리포니아보다는 오리건의 해안이 단연 더 아름다운 것 같았다. 오리건에서 좋은 경치를 많이 봤기 때문일 수도 있겠다. 며칠간 남풍 앞바람이 심했다가 조용해진 바다에는 부유물들이 매일 더 넓게 펼쳐지고 있었다. 모두 해초인가 했는데 더 가까이서 보니 쓰레기와 나뭇가지들 등 모든 것이 다 섞인 것 같았다.

다시 나타난 큰 업힐에서는 누가 나를 추월해 올라가며 힘내라고 인사했다. 전망이 좋은 정상에서 쉬느라 만났는데 독일 아가씨였다. 서로 사진을 찍어주고 이메일로 보내 주기로 약속을 했다.

정상은 해발 300m 해안절벽 위였다. 까마득한 절벽에 붙은 벼랑길은 스멀스멀해지며 발아래가 무섭기도 했다. 절벽 아래는 캘리포니아 바다수달 서식지였다 California Sea Otter Game Refuge. 고개 정상에서부터는 내리막 벼랑길을 편안하게 내려가며 바다만 쳐다보다 보니 어느새 바닥으로 내려와 푸른 바닷가 흰 모래해안 길을 달리고 있었다.

○ 빅서의 캠핑장 Big Sur Campground and Cabins

너무 힘들지도 않은 길, 괜한 소문에 지레 겁먹었던 빅서로 가는 길이었다. 해안은 백사장과 드넓은 풀밭평원으로 변하더니 멀리 평원 끝에 작은 산이 솟았다. 포인트서 해군시설 Point Sur Naval Facility 표지가 있었다. 지형이 특이한 모습이라 평원 속으로 들어가 달려보고도 싶었다. 포인트서를 지나고 나니 빅서강을 따라 계곡으로 들어갔다. 계곡 속 높은 산은 연기가 자욱했고 도로가에도 시커멓게 탄 산불 흔적이 많았다. 계곡 평지에는 소방대 막사와 장비들이 있었고 폐쇄된 주립공원과 캠핑장들, 영업 중인 모텔도 있었다. 레드우드 숲의 사설 캠핑장 Big Sur Campground and Cabins은 열려있었다.

누구에게 자리를 뺏길 새라 얼른 10불에 체크인을 하고 레드우드 거목 밑에 텐트를 쳤다. 캠핑장은 작고 깔끔한 곳인데 청소를 얼마나 부지런히 하는지 샤워장이고 화장실이고 모두 반짝반짝했다. 그러나 모든 곳이 바짝 말라서 차가 지나갈 때는 흙먼지가 너무 많이 날렸다. 흙도 나무들도 너무 바짝 말라있어 물을 뿌리니 젖지도 않고 먼지만 날렸다.

강물을 퍼다 뿌려주면 될 텐데 물 뿌리기를 안 하고 있었다. 너무 건조해서 산불이 나고 몇 주째 진화를 못 하고 있으니 계곡물은 산불진화에 쓰기 위해 그럴 수도 있겠다. 캠핑장 직원들은 너무 친절하고 부지런했다. 나중에 보니 이 캠핑장 위쪽 계곡에도 캠핑장이 몇 개가 더 있었는데 물가 쪽 캠핑장은 모두 정상 운영했고 산비탈에 붙은 것들은 모두 문을 닫은 상태였다.

휴식
제41일

아침에 눈을 뜨고 지도를 보며 귀국날짜를 체크하니 아직 20일이나 남아 여유가 있었다. 여기서 하루를 더 쉬기로 했다. 캠핑장에서 무료 커피를 제공하여 간만에 두 잔을 연속 마시기도 했다. 오후에 바람이 바뀌면 산불이 되살아나는지 산불진화 헬기 소리가 많아졌다. 캠핑장 바깥 가까운 가게 제너럴스토어 공중전화박스에서 국내로 통화할 때는 헬기가 머리 위로 바쁘게 지나가느라 시끄러워 말이 안 들렸다. 가게에 베이컨 삼겹살이 있어 사다 구워 먹었다. 이렇게 쉴 때는 몸속에 열량을 충분히 채워놓아야 한다.

숲 속은 낮 두 시인데도 섭씨 12도였고 밤에는 더 내려간다. 패딩을 입은 채 낮에도 추위를 느꼈다. 그러나 캠핑장 바깥 가게 앞의 넓은 공터에서는 햇빛이 따가워 그늘 속에 들어가야 했다.

○ 텐트가 망가지다

밤중에 "툭" 소리가 나며 텐트 천장 주머니에 올려놓은 안경이 떨어졌다. 무슨 일일까 하면서 귀찮아 그냥 잤는데 낮에 햇빛 아래에서 보니 텐트의 폴 세 개를 끼우는 원형고리 부위가 부러졌다. 텐트가 찌그러져 홈리스 텐트 같았다. 접착제로 붙여도 안 되고 새로 살 곳도 없어서 계속 사용해야 했고 LA까지 가서야 친구가 태워주는 차로 여러 군데 돌아다니며 맘에 드는 텐트를 찾아 살 수 있었다.

○ 레드우드 거목 밑에서 캠프파이어

　해가 지며 추위를 느껴 레드우드 거목 밑에서 휴대용의자에 기댄 채 장작 몇 묶음을 태우며 따뜻한 불기운에 졸다 깼다 했다. 찌그러진 내 텐트를 보자니 매일 맨땅바닥 작은 텐트에서 자고 떠나는 내 꼴이 초라하고 불쌍하고 가엽게 느껴졌다. 그러나 그것은 비교될 때 느껴지는 감정일 뿐, 여기 혼자로서는 춥고 배고플지라도 이대로가 좋았다. 나와 아무 이해관계도 없는 나라에서 이방인으로 내 뜻대로 몸 따라 마음 따라 움직이며 쉬고 먹고 자고 일어난다. 내가 하고 싶은 대로 하고 가고 싶은 대로 간섭도 장애도 구속도 없이 바람처럼 자유롭게 다닌다. 남의 처분에 의존하지도, 신세 지지도, 남에게 폐를 끼치지도 않는다. 동행자에게 신경 쓸 일도, 뒤처진 그를 기다릴 일도, 앞서가는 그를 쫓아갈 일도 없다. 산천과 도시와 마을과 사람들과도 아무 관계도 구속도 막힘도 없이 스쳐 지나가는 솔바람처럼 조용히 아무 흔적도 없이 다닌다. 인프라 좋은 선진국에서는 자연도 시골도 불편하지 않다. 주민들도 자전거에게는 우호적이다. 집시들의 삶을 생각해본다. 혼자서 자전거여행을 하는 자가 바로 진정한 자유인일 것이다!

캠핑비: $10x2박=$20

커크 크릭 캠핑장(Kirk Creek Campground)
제42일

○ 안개 속의 태평양 절벽 해안

2박을 하고 캠핑장을 나서자 계곡 길은 한동안 레드우드 숲 속이었다. 빅서 계곡 도로 좌우의 캠핑장과 휴양시설들은 산불 흔적에 가까운 곳은 문을 닫았지만 열린 곳도 있었다. 아침 9시 출발 때 캠핑장오피스의 양지바른 현관 벽에 매달린 온도계는 섭씨 11도였다. 남북으로 기다란 캘리포니아주에서 중간을 넘어선 남쪽인데 한여름에도 이렇게 추웠다. 알파카 털 담요를 못 샀더라면 벌써 병이 났겠고 여기까지 오지도 못했을 것이다. 손이 시리고 어깨가 으스스 추웠다. 그래도 업힐을 오르기 시작하니 어느새 땀이 났다.

업힐에서 바라보이는 멀리 높은 산은 산불 연기가 자욱했고 소방헬기들이 날아다니고 있었고 몇 군데에는 붉은 불길도 보였다. 레드우드까지도 일부를 태웠다. 업힐 도로에서 본 빅서 안내간판의 절벽해안 사진이 좋았다.

고개를 넘고 내려가니 바다가 까맣게 내려다보이는 높은 벼랑 위였다. 해안은 높은 해안산맥으로 만들어진 가파른 절벽비탈이고 옅은 안개가 저 멀리까지 산과 절벽과 그 아래의 바다까지를 모두 어슴푸레 감추면서 신비로움을 자아내고 있었다. 가파른 비탈을 깎아내고 만든 벼랑길에서는 바다도 해안의 크고 작은 바위들도 까맣게 내려다보이며

무서웠다. 태평양바다는 울렁대지도 않았고 잔물결도 없이 너무 조용
하여 이름처럼 평화로웠다.

바다사자 Sea Lion 들이 많았다. 자맥질하는 놈, 물 위로 머리만 내놓
고 있는 놈, 바위 위에서 서로 몸을 기댄 채 드러누워 있는 놈들도 보
였다. 이놈들의 울음소리는 수시로 조용한 바닷가 절벽해안을 대포소
리처럼 요란하게 울리며 깜짝 놀라게 했다.

옅은 안개 속에서 절벽 밑으로 보이는 물 위의 바위들 주위로는 흰
포말이 조금 생겼다가 금세 사라졌고 온 바다는 잔물결조차 없이 매끄
럽고 조용했다. 며칠 동안 강한 남풍을 몰고 왔던 허리케인이 그치자
가까운 바다 곳곳에는 알 수 없는 검은 부유물들이 드넓게 펼쳐져 있
기도 했고 또 기다란 띠를 만들며 떠있기도 했다.

벼랑 위에 잔도처럼 좁게 붙어 휘어지는 모퉁이를 돌 때는 무섭기도 했다. 고소공포증이 있는 나는 등골도 아랫도리도 찌릿찌릿 전율했고 조심조심 달려야 했다. 산비탈이 완만하게 넓어진 코너에는 Big Sur Coast Gallery & Cafe가 있었다. 커피를 한잔 마시러 들어가니 벽에 전시된 빅서 해안의 각 계절 사진들이 좋았다. 실제 눈에 보이는 경치처럼 장엄했다.

○ Solo 자전거여행은 자성(自省)의 순례였다

벼랑길은 Julia Pfeiffer Burns State Park, McWay Falls, 루치아 Lucia 의 아름다운 해안을 달렸다. 혼자 자전거 여행에서는 국내에서도 그렇지만 낯선 외국 길에서는 많은 것을 느끼고 생각하게 된다. 낯설고 이질적인 환경에서 생존 적응하겠다고 기를 쓰며 고생하다 보면 지난 일상에서 무심해왔던 것들을 새롭게 실감하기도, 까맣게 잊은 것들이 떠오르며 생생하게 되살아나기도 한다. 그러면서 나의 생각, 계획, 컨디션, 일정까지 모두가 온갖 변수들에 맡겨져 있음을, 나의 한계를 느낀다.

지형도, 항상 변하는 비구름 안개의 날씨도, 바람의 방향도, 눈앞 시야 바깥의 도로상황도, 경치도 다 그렇다. 하늘에 모두를 맡기고서 움직이고 있음을 실감하고 고백하게 된다. 나의 바람, 욕심, 의지를 앞세워온 일상과 과거를 돌이켜 본다. 나의 삶이 인도되고 허락되고 있음을 실감하고 감사하게 된다.

○ 빅서 절벽 위에서 닭고기로 요기

달려온 북쪽으로도 또 계속 달려갈 남쪽으로도 높은 해안산맥 가파른 절벽 위에 실 같이 붙어있는 벼랑길이 아스라이 보였다. 조용한 바다는 저 멀리에서 희끄무레한 하늘이 점점 더 짙어지며 펼쳐져 해안산맥 절벽 밑에서 맞닿은 모습이었다. 멀리 희끄무레한 하늘도 발아래 까마득한 해안도 평화롭기만 했다. 태평양 절벽 도로가 바위에 올라앉아서 이틀 전 아침 출발 때 카르멜에서 사온 닭 가슴살 구이와 피자를 맹물에 뜯어 먹으며 메모도 했다. 이 맛과 멋, 경치를 누가 상상하겠는가? 기온이 낮아서 상하지 않는 것이 다행이었다. 나는 이런 게 좋아서 이 맛에 혼자 라이딩하는지도 모른다.

하루 기껏 70km를 이동하는 나로서는 산불로 폐쇄된 곳이 많은 빅서에서는 식사해결이 가장 어려운 문제였다. 먹은 열량만큼만 정직하게 가는 라이딩에서 먹는 것은 가장 중요한 문제이다. 달리기 위해서는 그만큼 먹어야 된다. 음식을 구할 곳이 없는 이 해안에서는 맥도널드 감자 칩과 피자를 사서 며칠씩 갖고 다니며 바짝 말라버린 것을 먹기도 했다.

○ 장엄한 빅서 절벽해안

  빅서의 긴 절벽해안은 내내 해무에 신비롭게 어슴푸레 절반쯤 가려져 있었다. 장엄함 그 자체였다. 절벽 길에는 모두 자동차들이고 자전거는 나뿐이었다. 하늘에는 까마귀들이 날았고 발아래 물속과 바위에는 바다사자들이 놀고 있었다. 지난 십여 일 동안 강풍과 파도에 떠밀려와 곳곳 바다와 해변을 온통 덮고 있는 것은 해초와 나뭇가지들, 온갖 쓰레기들이었다. 안개 속의 희끄무레한 바다 위에 떠있는 바위들은 흰 포말 속에 잠겼다가 둘러싸였다가 하며 부드럽게 씻기고 있었고 더 멀리로는 하늘도 바다도 수평선도 구별되지 않았다. 이런 경치의 장엄함에 나는 전율하고 있었다. 나는 이런 곳에 묻힐 수는 없을까를 생각했다.

○ 내 마음속의 고향을 찾았다!

이 고요한 바다 저 멀리 건너에 한국이 나의 고향이 있는가? 나는 이번 라이딩에서 고향을 찾았다. 내 마음의 고향이 무엇인지를 알게 되었다. 그것은 나의 기원 起源, origin 에 대한 향수였다. 내가 아직 의식이 없는 미물이었을 때, 따뜻한 물속에서 정착할 평온한 곳을 찾아서 헤엄쳐 나갈 때의 모습으로 돌아가는 것이었다. 그때의 의지와 욕구와 몸짓의 모습 그대로 평온한 정착점을 찾아 나아가는 것이었다.

그것은 나 자신을 찾는 것이었고, 나의 무의식 속 모습에 더 친밀해지려는 합치하려는 것이었고, 나에게 가장 깊은 평화를 주는 것이었다. 나에게 숨겨진 가장 내밀한 비밀이었고 근원이었고 지치지 않고 공급되는 무한 동력이었다. 여기 빅서의 절벽해안 라이딩에서 나는 그것을 느끼고 확인하고 있었다. 라이딩이 나에게는 바로 그것이었고 또 그렇게 되는 것이었다. 빅서의 태평양 절벽 위 라이딩이 내 생애 최고의 라이딩일 것이라고 느껴졌다. 이날 하루 종일 자전거는 나뿐이었다. 같은 방향도 역방향에도 없었다. 빅서의 라이딩은 실로 최고의 행복이었다. 이전까지 라이딩하며 감탄했던 지중해의 코트다쥐르나 리구리아나 아말피해안, 스페인 북부 해안, 호주 해안 모두가 여기에는 비할 수 없다!

○ 맥웨이 폭포(McWay Falls)

빅서해안의 산비탈에도 레드우드 숲이 있었다. 유명한 맥웨이 폭포 McWay Falls 에서 잠시 쉬었다. 짐을 실은 자전거를 길가에다 세워두고 저 아래 폭포까지는 내려갈 수 없었다. 미국에 살고 있는 친구 봉화 씨는 꼭 내려가서 보라고 권했지만 그럴 시간도 없었다.

폭포를 지나고부터는 도로가의 경치 좋은 해안벼랑 위에는 드넓은 땅을 차지한 고급 주택들이 이어졌고 모두가 담장으로 경치를 막고 있었다. 고급스럽고 특이한 대문 장식들도 있었다.

경치를 막은 주택들이 끝나고 다시 아름다운 벼랑해안이 계속되었다. 경치는 장엄했다. 나는 그 엄숙함에 압도되어 있었고 숨을 조용히 또 깊이 길게 쉬고 있었다. 와이프와 또는 자전거동호회 친구들과 함께 언젠가 또 가보겠다고 다짐하고 있었고, 또 여기서 자전거를 타보지 않고서는 외국에 나가서 자전거를 탔다는 소리를 해서는 안 된다고 확신하고 있었다.

○ 커크 크릭 캠핑장(Kirk Creek Campground)에서 1박

　루시아 Lucia 라는 곳의 로지 Lodge 식당에서 허기를 채우고 5마일
남쪽 바닷가 벼랑 위의 커크 크릭 캠핑장에 텐트를 쳤다. 캠핑장은 도
로가 해안언덕 위로 펼쳐진 넓은 관목 덤불숲 사이의 잔디밭이었다.
Hiker/Biker 자리는 그 북쪽 끝 울창한 숲 속에 섬처럼 하나씩 떨어져
몇 개가 있었다. 내 자리는 관목 덤불 사이의 바짝 마른 흙바닥이었고
발걸음마다 흙먼지가 풀풀 날렸다. 5년째 계속되는 캘리포니아의 가뭄
으로 캠핑장에는 샤워는커녕 마실 물조차도 없었다. 화재위험 때문이
라며 버너도 못쓰게 하며 통조림이나 마른 음식으로 배를 채우라고 했
다. 여기서도 자전거는 나뿐이었고 다른 자리는 자동차여행자들이었
다. 이들은 관목덤불과 텐트로 가린 채 버너를 켜고 요리를 하고 있었
고 관리인이 오지 않으니 재빨리 하면 된다고 했다. 나도 그렇게 저녁
밥을 해먹었다. 밤은 고요했다. 텐트 밑 해안에 부딪히는 물결소리가

짧고 약하게 '찰싹'하고 끊어진 듯했다가 또 들렸다. 드러누우니 흙바닥은 따뜻했고 편안했다.

캠프장 호스트 노인은 집이 아이오와라는데 여름피서 겸 봉사활동으로 와서 캠핑용 RV차에서 사무실 겸 숙소로 지내고 있었다. 나와 몇 마디 나누더니 반갑다며 생수도 한 통 주었고 과일잼에다 빵까지 주며 친절을 베풀었다.

끝없이 펼쳐져 때로는 한없이 평화롭고 때로는 한없이 거칠고 드센 바다가 이렇게 바라보이는 언덕 위의 넓은 잔디밭이 너무 좋았다. 나는 이런 곳에 묻히고 싶다는 생각이 텐트에 누워서도 강했다. 밤새 잠을 자면서도 잠시 잊어지지도 않았다. 아침에 출발하면서도 주변지형을 살펴보며 또 생각했다.

○ 무서운 독초(Poison Oak)

캠핑장 입구에는 무척 강한 독풀 Poison Oak들이 있었다. 풀밭을 걷다가 양말 위로 스치기만 해도 가렵게 되는 풀이다. 피부에 닿으면 금방 물집이 생기며 미치도록 가렵고 퉁퉁 붓는다. 끔찍하게 무서운 독초이다.

캠핑비: $5

산 시메온 개울(San Simeon Creek)
제43일

○ 나는 과연 별천지에서 달리며 잠도 자고 있었다

밝아진 아침에 살펴보니 덤불로 덮인 내 텐트에서 15m 바깥은 낭떠러지였고 태평양이었다. 아침 바다는 호수처럼 고요했다. 밤새 기침을 좀 했다. 주변 덤불에 핀 꽃들로 인한 알레르기 반응인 것 같았다. 바람이 산 위에서 낭떠러지로 바다로 부는 것이 느껴지더니 금세 물방울들이 섞여 보였다. 안개였다. 과연 별천지에서 달리며 잠도 자고 있다는 느낌이었다.

밤부터 온도가 확 올라갔다. 침낭 속이 뜨거웠다. 빅서의 산맥이 남북 간 기온 차를 확 바꾼다.

산맥 북쪽의 빅서강 골짜기 캠핑장에서는 아침 9시 온도가 섭씨 11도였고 한낮인 오후 2시에도 15도로 추웠다. 밤에는 패딩 위에다 겉옷을 더 걸쳐야 했었다.

물도 전기도 없는 캠핑장에서 어두운 밤에는 헤드랜턴으로 어떤 모습인지 모르고 들어가기도 했지만 밝은 아침에 화장실에 들어갔다가 무서워 볼일을 보지 못하고 얼른 나오고 말았다. 숲 속이라면 어떻게든 해결할 수 있었을 텐데 참아내며 두 시간을 달려 고다 Gorda 마을에 도착하여서야 식당에서 식사를 시켜놓은 채 볼일을 봤다. 힘든 오전이었다.

○ 거울같이 고요한 태평양 아침 바다

아침에는 해안산맥이 태양을 가려 아직 어두운 벼랑 외길을 달렸다. 태평양은 고요하고 거울같이 잔잔했고 울렁이지도 않았다. 자동차도 자전거도 없는 벼랑길에는 부드럽고 신선한 바람과 한 번씩 가볍고 짧은 '찰싹' 물소리와 숲의 새소리만 있었다. 고요한 바다에서는 바다사자 울음소리만 가끔 대포소리처럼 요란하게 울리며 깜짝 놀라게 했다. 바다 속에는 물새 똥으로 하얗게 뒤덮인 바위들이 많았고 배는 한 척도 보이지 않았다. 하늘은 옅은 구름으로 가득 덮여있었고 바다는 떠밀려 온 해초들과 온갖 부유물들이 온통 덮고 있었다. 숲 사이에 건물이 있어 물을 구하러 갔더니 경찰서 Pacific Valley Station 였고 경찰들은 땀에 젖은 채 체력훈련을 하고 있었다. 물통이 빈 채로 출발하며 물을 구할 수 있을까 불안해하다가 실컷 마시고도 가득 채우고 나니 편안해진 마음으로 다시 달렸다.

○ 무채색 캔버스의 바다

가맣게 높아서 무서웠던 해안벼랑은 점차 낮아지며 바다와는 점점 가까워졌다. 길은 해안지형을 따라 산속으로 들어갔다가 바닷가로 돌출되며 꼬불꼬불했다. 또 바다 속의 바위들도 산기슭도 해안벼랑도 모두가 무채색이었고 그 속에서 긴 해안을 따라 흰 포말 띠가 아주 가늘게 이어지기도 했다. 조용한 울렁임은 끝없이 펼쳐지고 있었고 지난밤의 그 찰싹 소리는 들리지도 않았다. 태평양바다는 더 조용해져서 내 숨소리만 들렸다. 물속 바위들에는 잠시 하얀 포말이 생겼다 맴돌다 어느새 사라지기도 했다. 자동차도 다니지 않았다.

두 시간을 달려서 나타난 Gorda에는 식당이 있었다. 캠핑장에서부터 참아온 뒷일을 해결하니 편해졌고 오므라이스로 배를 채우고 커피도 마시며 잠시 쉬니 힘도 났다. 다시 달리는 해안 길은 조용한 바다를 어깨 밑에 두고 수평이었다. 길은 다시 산위로 높이 올라갔고 바다는 발아래로 멀리 보이며 그 위에 펼쳐진 부유물들이 보였다. 더 멀리로는 산줄기가 낮아지며 바다로 길게 들어가다가 물속으로 잠겨 사라졌고 그 위로는 크고 작은 바위들이 떠있었다. 산길을 내려가니 모래 해변에는 흰 포말이 겹겹이 접히며 끝없이 덮어오고 있었고 바위벼랑 사이의 조그만 협만에는 부유물들 사이로 코발트빛이 비쳤다. 무채색 캔버스 바다에는 바위들이 크고 작은 물감방울처럼 흩뿌려져 있었고 그 너머 먼 시야 바깥에서는 바다와 하늘은 같은 무채색으로 경계 없이 혼합되고 있었다.

○ 꼬끼리바다물범(Elephant Seal)

구름은 산 중턱 높이에 걸린 채 온 하늘을 뒤덮고 있었지만 그 아래는 저 멀리까지 투명하고도 청명했다. 도로 양쪽은 철조망이고 목초지가 끝없이 펼쳐지다가 그 끝의 덤불 둑 아래 모래해변은 꼬끼리바다물범 Elephant Seal 서식지였다. 수많은 놈들이 뒹굴고 있었고 유명관광지가 되어 주차장도 진입로도 차들로 밀리고 있었다. 이런 복잡한 곳일수록 자전거의 유용성이 드러났다. 나는 지체하지도 뺏기는 시간도 없이 둑 위의 테크에 자전거를 탄 채로 올라갔다. 캘리포니아 1번 Cabrillo Highway 도로의 피에드라스 블랑카스 Piedras Blancas 와 **San Simeon** 바닷가는 코끼리바다물범들이 엄청 몰려있는 서식처였다.

○ San Simeon Creek Campground

어제오늘 이틀의 라이딩은 너무 아름다웠다. 산시메온의 개울가 캠핑장을 찾아갔다. 캠핑장 입구의 허스트 캐슬 Hearst Castle 산에도 산불이 맹렬히 타고 있었다. 산기슭을 덮고 타오르는 붉은 불길이 멀리서도 선명하게 보였고 바쁘게 날고 있는 헬기들이 보였다.

이 캠핑장에서도 샤워가 안 되고 있었다. 이틀째 못 씻었다. 오피스에서는 내일 남쪽의 모로 베이 캠핑장에 들러서 공짜로 하라고 했다. 그런데 다음 날 달려보니 모로 베이는 하루를 꼬박 달려가는 당연히 1박을 해야 할 곳이었다. 자전거는 안 타고 자동차만 타는 사람들 기준의 얘기였던 것이다.

내가 텐트를 칠 때 바로 옆 텐트에서 개가 계속 사납게 짖어대고 있었다. 얼마 후 State Park 경찰이 왔고 개를 옆에 세워둔 그들의 반 트럭 속에다 가두어버렸다. 누군가 시끄럽다고 신고했던 것이다. 맞은편 텐트 속에서 혼자 젊잖게 있는 할머니가 한 것 같았다. 타인에 불편을 초래하고 질서방해, 사생활침해는 용납 안 되는 중산층사회의 단면을 보여준다.

오늘은 오른쪽 다리 뒤쪽 근육이 불편했다. 물을 충분히 제대로 못 마셨기 때문인 것 같았다. 혈액 순환과 수분 보충을 위해 맥주를 두 캔 사 와서 마셨다.

○ 캠핑장의 특이 커플

개를 가둔 텐트 남자는 덩치도 힘도 좋아 어쩐지 중고품 중장비 같은 인상이었는데 좀 천해 보이는 마른 여자와 함께 있었다. 여자가 화장실을 갈 때도 허리를 감고 따라가서 기다리다 또 그렇게 데려오고 텐트 밖에서도 옆에 바짝 붙이 앉아 있고 지극정성으로 시중을 들고 뭔가를 열심히 설명도 하고 온갖 정성을 다 들이며 애지중지하듯 하는 행동이 특이하게 보였다. 관심이 가지도 않았지만 바로 옆자리라 자꾸 눈에 들어왔다.

그 남자는 트럭에서 도끼와 톱을 꺼내어 자기 텐트 위로 자란 소나무 가지를 마구 잘라 불을 피우기도 했다. 공원에서의 이런 행동은 엄청난 벌금을 맞게 되어있는데 아무도 신고를 하지 않은 것이 이상했다. 그러다가 채 어두워지기도 전에 텐트 문을 닫고 들어가더니 흐느껴대고 있었다. 여자의 소리는 전혀 안 들렸고 그 남자 소리만 들렸다. 근처 텐트에서는 어린이들이 다섯, 여섯이 있는 두 가족들이 아직 바베큐를 하고 있었는데 괜히 내가 민망했다.

○ 까마귀들 울음소리가 요란했다

밤새 조용하면서도 무한 에너지를 품은 낮은 파도소리를 들으며 잘 잤다. 밤사이 모래바닥은 너무나 포근하고 편안했다. 유아기 때의 어머니 품속 같은 편안함이었다. 침낭은 더워서 내피를 벗어야 했다. 물이 없어 샤워장과 화장실을 폐쇄했고 이동식 플라스틱 화장실을 설치했는데 흉측했지만 그래도 변기의자용 종이커버를 갖춰놓아 다행이었다.

어두운 새벽 까마귀들이 울어대는 소리에 잠이 깨어 바닷가에 나가 보았다. 파도소리를 들으며 자랐던 나에게 지난 밤새 파도소리는 아주 먼 듯 낮은 저음으로 부드럽고 조용하게 들려오며 깊은 평온 속에 빠져들게 했었다. 그러나 발 앞에 보이는 어둠 속 새벽바다는 그침도 쉼도 휴식도 없이 무한의 에너지를 심해 깊이 담아 감춘 채 부드러운 동력으로 끝없이 움직이고 변화하고 있었고 무서웠다.

해안에는 밀려든 모래가 파도를 가두어 얕고 작은 호수를 만들었고 그 양쪽은 모래언덕이었다. 내가 어릴 때 자란 바닷가에도 모래언덕이 있었다. 그 모래언덕은 원래 없다가 새로 생기고 항상 모습이 변하여 영속성이 없었지만 부드러웠다. 여름 낮 태양 아래서는 발을 디딜 수 없이 뜨겁다가도 해진 밤에는 따뜻했고 겨울에는 밤낮 너무 차가워 운동화를 신어도 발이 시리기만 했었다. 오늘도 따뜻한 모래 위에서 나는 포근한 잠을 잘 잤다.

날씨가 확 바뀌었다. 이젠 침낭의 내피를 완전히 접어 패니어 깊숙이 넣어버렸다. 모래바닥이 너무 부드럽고 따뜻해졌다. 새벽 까마귀들의 울음소리가 요란했다.

캠핑비: $5

Part 5

모로 베이(Morro Bay) 주립공원
제44일

○ 제주도 모슬포의 산방산을 만나다

  빅서 해안산맥의 남쪽은 날씨가 확 달라졌다. 기온이 높아졌고 해변에는 수영복을 입은 사람들이 나타났다. 도로는 숙박업소와 식당들이 이어지는 해안을 달리더니 넓은 목장이 이어지는 야산들 사이로 들어갔다. 목초가 노랗게 메마른 내륙을 달리다가 다시 해안평원으로 나올 때 바다가 보이기 시작하며 멀리 바다 위에 우리 제주도의 산방산과 똑같은 모습의 바위산이 나타났다. 착시인가도 했지만 너무 똑같아 반갑고도 궁금했다.

○ 모로 베이 State Park 캠핑장 체크인
    고교친구와 재회하다

  해안도시 케이유코스 Cayucos 에서는 피시앤칩스로 점심을 먹고 기둥에 자전거를 묶어놓고 비치 피어 Beach Pier 끝에도 나가보았다. 바위산이 있는 곳은 더 남쪽의 모로 베이 Morro Bay 해변이었고 아직 더 가야 했다. 이날은 근처 산루이스오비스포 San Luis Obispo 에 사는 고교친구 봉화 씨가 자전거로 느리게 남행 중인 나를 기다리고 있었다. 반가움과 흥분된 기분으로 모로베이 남쪽의 골프장 옆 유칼립투스 숲 속 캠핑장에 체크인했고 서둘러서 텐트를 쳤다. 지난 이틀 밤 동안 씻지 못했기에 샤워를 하고 빨래해서 널다 보니 친구가 도착했다. 기적 같은 만남이었다.

○ 모로베이 관광

자전거를 캠핑장의 고정 테이블에 자물쇠로 묶어 놓고 친구의 자동차로 주변 경치를 돌아보았다. 모로 베이는 기다란 해안 사구가 바다를 막은 만 속이었다. 미국은 태평양 해안에도 대서양해안에도 이렇게 길게 융기된 사구들이 만든 만들이 많다.

친구는 자기가 다녀본 좋은 곳들을 모두 보여주겠다고 다 데리고 다녔다. Baywood-Los Osos 높은 산길을 올라가 주변을 관망하고, Spooners Cove 협만의 일몰을 감상했다. 일몰 해안 언덕 위에 서있는 흰색 승용차 지붕 위에는 한 아가씨가 대형 타월을 깔고 엎드린 채 책을 읽고 있었다. 연출 같았다. 석양 속의 이런 아름다운 모습은 사진을 찍어야만 했다. 오비스포 슈퍼에도 가서 폴대 연결부위가 망가진 내 텐트를 교체할 새 텐트를 찾아보았으나 마땅한 게 없었다. 시내의 좁은 골목에는 양쪽 벽을 온갖 색상의 수많은 껌딱지를 빈틈없이 가득 붙여 놓은 듯 꾸민 특이한 곳이 있었다. 밤에는 친구네 집에서 부인이 차려 주신 진수성찬에 소주, 맥주, 와인까지 과음했다.

캠핑비: $5

피스모 비치(Pismo Beach)
제45일~46일

○ 모로베이, 피스모비치(Pismo Beach), 산루이스오비스포 관광

아침에는 모로베이의 아주 유명한 해산물식당 GIOVANNI에 가서 크램차우더 Clam Chowder 1/2 파운드로 해장을 했다. 몇 십 년 만에 제대로 실컷 먹어본 크램차우더였다. 속도 풀리고 배도 불렀다. 조개살이 아주 많이 들어 있었다. 정말 훌륭했다. 찾아오는 사람들이 많아 줄을 길게 서고 오래 기다려야 했다.

○ 피스모비치 RV Park 캠핑장(Coastal Dunes)에서 1박

　모로베이 캠핑장의 남쪽은 습지 Morro Bay State Marine Reserve 가 넓었
다. Los Osos Valley Road를 따라 피스모비치 남쪽의 Pismo Beach
Oceano 캠핑장을 찾아갔으나 자전거를 받아주지 않고 남쪽의 RV파
크로 가라고 했다. 울창한 숲 속인 데다가 경치도 시설도 아주 좋았다.
대도시 LA와 가깝고 열차가 있으므로 사람들이 많이 찾아와서 인기
가 좋은 곳이었다. 쫓겨나는 기분이었고 아쉬웠다.

　몇 km 남쪽에 있는 모래언덕의 RV캠핑장을 찾아가 "Bicyclist and
Hiker Camping Only" 싸인이 있는 곳에 텐트를 쳤다. 자전거는 나뿐
이었다. 여기서 2박을 하며 하루를 쉬었다. 캠핑장오피스에서는 자전거
와 소지품 관리를 철저히 하라고 거듭거듭 강조했고 그래서 더 불안했
다. 대도시 근처의 유명 해수욕장이라 홈리스들이 많고, 그들이 가장
노리는 것이 자전거여행자들의 자전거와 짐이라 한다. 자전거, 텐트,
취사도구, 침낭 모두가 그들에게는 최고로 필요한 물건들인 것이다.

○ 피스모비치 주변 관광

　친구가 캠핑장으로 다시 찾아와 자전거를 자물쇠로 철망 펜스에 묶
어두고 함께 주변 여행을 했다. 새로 산 지 두 달째인 휴대폰이 사진을
찍을 때 셔터를 누르고 나서 1~2초가 걸려 찰깍 소리가 나서 이상했
다. 휴대폰 메모리가 다 찼나 하고 새 SD카드를 사서 끼웠는데도 소용
이 없었다.

　옛 항구 산루이스 피어 Port San Luis Pier 는 바람이 무척 셌고 부두 끝
에는 옛날 어시장과 선원숙소들이 그대로 있었다. 피어 밑과 바다에 띄

워둔 나무 바지 barge 에는 바다표범들이 가득한데 모두 태평하게 잠에 취해있었다.

　선셋 팔리사데스 Sunset Palisades 바위 해안은 절경이었고 완만한 경사지는 대저택 별장들이 자리 잡은 부촌이었다. 반 평 크기도 안 되는 텐트생활에 익숙해진 나로서는 식구는 몇일까, 관리나 청소는 어떻게 할까라는 생각이 들었다. 미국의 홈리스들도, 지구촌에는 추위와 더위에 몸 둘 곳 없는 가난한 인류가 수십억 명인데 저렇게 불필요하게 큰 집에서 불필요한 비용을 들여가며 어떤 마음으로 살까 궁금했다.

캠핑비: $7x2=$14

롬팍(Lompoc)
제47일

○ 끝이 없는 모래언덕과 드넓은 딸기밭

피스모 비치 Pismo Beach 를 출발하면서 아침부터 뙤약볕으로 더웠다. 이번 라이딩에서 처음으로 여름 날씨를 느꼈다. 7월 중순 미국입국 이래 매일 추위를 겪다가 이날 처음으로 여름 날씨를 제대로 겪는 것이었다.

길 우측으로는 수십km의 모래언덕 Sand Dune 을 보며 작은 오르막 내리막들을 롤링하며 달렸다. 소똥냄새 가득한 목장 마을도 지나고 낡은 철길과 도로가 교차하는 인적 없이 황량한 영화세트 같은 들판마을도 지났다. 그러면서 언덕을 낮게 올라서니 지평선 너머로 황토평원이 펼쳐지며 온통 딸기밭이었다. 공기 속에는 단내의 향기가 가득했다. 비닐하우스 속에서 약품을 쳐가며 키우는 우리나라 딸기와는 냄새가 달랐다. 아주 자극적이었다. 길가에 펼쳐진 딸기를 하나 따 입에 넣어보고 싶은 충동이 자꾸 느껴졌다. 자전거를 세우고 손만 뻗으면 할 수 있었지만 못했다. 스페인 음악이 들렸고 찜통더위 아래 엎드려서 수확하는 인부들이 여기저기 보였다. 이런 농장에서는 불법체류 멕시코인 등 값싼 노동력을 쓸 것이다.

○ 로스 알라모스와 반덴버그 공군기지

반덴버그 공군기지 Vandenberg Air Force Base 를 거쳐 가는 길은 비탈이 심하므로 피해서 좀 쉬운 로스 알라모스 Los Alamos 길로 갔다. 가까워지는 지명을 보며 그 유명한 비밀 군사연구소가 여기인가, 가까이 접근해도 될까 호기심도 생겼다. 그러나 나중에 알고 보니 뉴멕시코에 있는 로스 알라모스 Los Alamos National Laboratory 와는 이름만 같을 뿐 완전 촌동네였다!

이번 태평양길에서 처음으로 겪는 폭염 속이었고 땀을 식힐 그늘도 없어서 고가도로 밑 그늘에서나 쉬며 음식을 먹을 수 있었다. 산 두 개를 넘는 푸리스마 고개 Purisma Hills 는 꼬불꼬불했다. 정상아래 비탈에는 유전펌프도 있있다. 반덴버그 공군비행장은 근처였지만 하늘에 비행기는 한 대도 없었다. 롬팍은 비탈 아래로 보였지만 키 작은 잡목숲속 억새풀숲 속의 평원 길을 오래 달려야 했다. 군사기지 도시였다. 남쪽에 강이 흘렀고 바둑판처럼 계획된 도시였다.

○ 롬팍(Lompoc) 캠핑장

　롬팍 시내 슈퍼에서 저녁을 해먹을 식재료를 사고 동쪽 몇 km 바깥의 리버 파크 캠핑장에서 텐트를 쳤다. RV들도 많고 텐트들도 많았다. 야생 들짐승들을 주의하라는 안내표지도 있었고 구석마다 개들이 있었다. 개들을 믿고 바람이 좋은 외곽 둑에 빨래를 걸어 말리기도 했다.

　해가 질 때쯤 늦게 젊은 남녀가 도착했다. 내가 추월했던 팀이었다. 여자가 앞서오며 먼저 인사하는데 얘기하며 보니 남자얼굴이 신경 쓰였다. 남자는 이미 어두운 데도 선글라스를 안 벗고 짜증난 얼굴로 말을 한마디도 안 하고 있었다. 바짝 마르고 체력이 약한 여자는 무거운 짐을 남자 자전거에 다 맡기다시피 하고도 속도가 느렸고 완전 지쳐 있었다. 여자 때문에 늦어져서 짜증났던 것이다. 그런데도 여자는 아랑곳없이 도착하자마자 남자에게 무거운 짐과 텐트 치는 일까지 맡기고 샤워장으로 바로 가버렸다. 저녁을 만들고 먹으면서도 남자는 말 한마디 하지 않고 있었다. 다음 날 아침에는 나에게 먼저 인사했고 여자에게 친절해져 있었다. 앞으로 하루 이동거리를 더 짧게 잡겠다고도 했다.

　며칠 후 샌디에이고 가까운 캠핑장에서 다시 만나게 되었고 얘기를 해보니 아일랜드 남자와 덴마크 신문사 여기자였는데 이번 라이딩에서 우연히 만났고 한 텐트를 쓰고 있었다. 남자는 표정이 밝고 다정했고 즐거워하고 있었다. 샌디에이고까지 라이딩을 마치고 귀국할 때는 둘이 아이슬란드로 관광을 간다고도 했다. 둘이 함께 잘 되면 좋겠다.

캠핑비: $5

산타 바바라(Santa Babara)
제48일

○ 롬팍(Lompoc)에서 산타 바바라까지 100km 라이딩

롬팍에서부터 1번 도로는 내륙 산들 사이를 달리다가 길고 완만한 비탈로 높은 산을 넘었고, 산을 내려와서는 101번 도로와 합쳐지며 계곡 속을 달려 해안까지 나갔다. 해안에서는 철도와 나란히 달리며 쉽지 않은 긴 고개들을 오르내렸다. 푸른 태평양 해안은 굴절도 없이 밋밋하게 길기만 했고 먼 바다에는 해상유정들이 드문드문 보였다. 말 그대로의 망망대해였다. 도로는 화물트럭 등 교통량이 아주 많아졌다. 그래도 101번 도로는 갓길이 넓어서 좋았다.

○ 엘 카피탄 비치(El Capitan Beach)를 지나
산타 바바라까지 달리다

　LA 친구들이 며칠 전부터 카톡에서 환영식을 크게 해주겠다, 서로 자기 집에서 재워주겠다, 비치에서 텐트를 치고 함께 자보자, 골프도 쳐보자며 빨리 오라고 카톡을 해왔다. 힘을 돋구어 주고 있었다. 나는 기분이 좋고 기운이 뻗쳐 높은 산도 넘으며 이날의 목적지 엘 카피탄 비치 캠핑장을 그냥 지나며 1.5일분 거리인 100km를 달려 산타바바라에 도착했다. 유스호스텔에서 더운물 샤워를 하고 나니 저녁 먹으러 나갈 힘조차 없이 완전히 지친 날이었다.

○ 산타바바라 유스호스텔

　산타바바라 비치를 따라가다가 비치 피어 입구에서 시내로 들어가 유스 호스텔에 도착했다. 비좁은 방에 2단 벙커베드 3개인 6명이 자는 방이었다. 1박에 50달러를 요구했다. 완전 미친 가격이었다. 두 달째 자전거를 타고 있다고 자전거 여행자는 돈이 없다고 캠핑장에서는 5달러에 잔다고 그 돈이면 며칠을 먹고 잘 수 있다고 구차한 소리까지 했더니 겨우 5달러를 깎아 주었다. 돈 많은 노인들이 옮겨와 산다는 부자 도시, 故 레이건 前대통령의 고향이기도 한 산타바바라는 소문 그대로였다.

　이놈의 유스호스텔은 돈 갈취에 혈안이 된 미친 곳이었다. ATM기계까지 안에 설치해 놓았고 뭐든지 돈을 내야만 했다. 숙소에는 독일인 남녀 젊은이들이 많았다. 브라질 청년들도 있었다.

　여기 미국에서도 서유럽에서도 해안길에는 독일인 라이더들이 많았

다. 예쁜 바다는 없고 바다라고 하는 북해는 날씨가 안 좋고 경제는 좋아 쓸 돈들이 있으니 나오는 것일까?

○ 돈 많은 중국인 유학생

이 숙소에서 만난 중국인 여자는 대학원에서 비교문학을 공부하고 있다는데 제일 비싼 더블 침대방을 혼자서 몇 달째 사용하고 있었다. 6명 벙커베드가 1박에 50달러인데 대체 하루에 얼마씩 내며 몇 달씩이나 지내고 있을까? 학교기숙사에 방이 생길 때까지 여기서 지낸단다. 중국인여행자들이 매고 다니는 전문가용 비싼 카메라들, 비싼 명품거리에서 쇼핑백을 열 개도 넘게 두손에 들고 어깨에 메고 다니는 모습들, 이 학생 같은 행동들을 보면서 이미 지구 구석구석을 다 뒤덮어가는 중국인들의 위력이 점점 더 무섭게만 느껴진다.

Part 6

말리부(Malibu)의
레오 까리요 주립공원
제49일

○ Pacific Coast Bike Route, Coastal Route

　산타바바라의 아침 출발은 하늘 높이 시원하게 뻗은 이국적인 야
자수해변이었다. 자전거 길은 도시를 벗어나며 내륙으로 들어가 101
번 도로 옆에서 달리다가 다시 바다로 나가더니 육지와 해변을 들락거
렸다. 바다에 바짝 붙어선 해안산맥 밑에서 비좁은 해안은 길게 휘어
지며 밋밋하게 뻗어 나갔다. 그래도 나는 지루하지 않았고 좋았다. 산
줄기 밑의 비좁고 긴 해안을 따라가는 자전거길에는 언덕도 없었고 바
람은 뒤에서 잘 밀어주고 있었다. 곳곳에 Pacific Coast Bike Route,
Coastal Route라는 표지판들이 붙어있었다.

해안에 붙어 달리던 산맥이 뒤로 확 물러서며 만들고 있는 넓은 해안평지에는 벤투라 Ventura, 옥스나드 Oxnard 도시가 있었다. 벤투라 앞 해안의 넓은 들판과 긴 모래언덕들 사이를 지나고 나니 옥스나드의 넓은 수로가 나타났다. 좁은 만 같은 시내로 깊이 들어온 수로 속에는 셀 수 없이 많은 부두마다 깔끔한 주택들이 부두 끝까지 늘어서 있었고 온 세상의 고급 요트들을 다 모아놓은 듯 크고 작은 요트들이 빼곡히 늘어서서 만을 빈틈도 없이 채우고 있었다. 고급 요트들에 한눈팔다가 길을 잘못 들어 돌아 나오기도 했다. 옥스나드 시내에서는 수로 위로 난 높은 다리를 건너기도 했고 직선도로를 한참 달리기도 했다.

여기 사는 Kern의 집에 들리고 싶기도 했다. 몇 주 전 북쪽의 어느 캠핑장에서 만났던 그는 자기 집 주소와 약도, 전화번호를 주며 꼭 와서 마음대로 쉬다 가라고 했었지만 LA에 도착하기로 약속한 날짜 때문에 지나쳐야 했다.

○ 미 해군기지 Naval Air Station Point Mugu

옥스나드 동쪽 벌판 끝, 무구 곶 Mugu Point 은 해군기지 네이벌 에어 스테이션이었다. 항공모함도 보였고 휴양시설도 있었다. 도로가에는 각종 전투기 미사일 등 다양한 무기들이 전시되어 있었고 산 위에는 안테나들이 보였다. 군부대 출입문은 닫혀 있었다. 동쪽 언덕의 바위 Point Mugu Rock 는 석양이 아름다웠다. 주변에는 국립휴양시설, 주립공원도 있었고 내가 1박할 Leo Carrillo State Park 캠핑장도 멀지 않았다.

○ 말리부의 레오 까리요 주립공원(Leo Carrillo State Park) 캠핑장

이날도 LA 도착 날짜를 맞추기 위해 60마일 96km 을 달렸다. 캠핑장
은 산속 골짜기였고 엄청 넓어서 화장실이나 매점에 갈 때는 자전거를
타야만 했다. 규모를 갖춘 매점이 두 군데 있었다. RV차량들도 텐트들
도 모두 숲 그늘에 가려지는 조용한 휴식 장소였다. LA가 가까워 학생
단체, 가족들 등 많은 사람들이 오고 있었고 Hiker/Biker는 10불이었다.

캠핑비: $10

산타 모니카(Santa Monica), LA
| 제50일 |

○ 말리부의 해변의 해산물식당

웨스트 말리부 West Malibu 의 레오 까리요 주립공원을 나서자 기나긴 업힐들이 반복되었다.

날씨는 더 더워졌고 며칠째 무리하게 달려서 힘들었다. 도로 건너편에 해산물식당이 보였다. 자동차들이 뜸한 틈에 무거운 자전거를 끌고 중앙분리 턱을 넘는 무단횡단을 했고 해물요리 몇 개를 시켜 식사를 든든히 했다. 맛있게 잘하는 식당인데다 주변에는 다른 식당도 없었다. 줄 선 사람들이 많아 좀 기다려야 했다.

식사를 하고 나니 해가 높아지며 아까보다도 차량들이 많아져 무단횡단하기가 더 어려웠다. 둘러봐도 횡단보도는 없고 도로 밑 토끼굴도 없어서 무단횡단이 불가피했다. 끝없이 이어지는 비치에는 해수욕객이 드문드문 몇 명씩 있기도 했고 인파로 복잡한 비치들도 몇 군데 있었다. 혼자서 또는 둘이서 넓은 비치에 드러누워 있기도 하고 물속에서 수영하기도 했다. 너무 큰 나라의 너무 넓게 펼쳐진 바다와 비치에는 눈에 잘 띄지도 않게 너무 적은 인구가 있었다. 넓은 백사장들에는 아무 사람도 없는데 너무 잘 정리된 비치발리볼 네트들이 수십 개씩 설치되어 있었고 그 수는 사람 숫자보다도 더 많았다.

○ 산타모니카 해수욕장까지

해안산맥 밑에서 비좁고 가늘게 이어지는 해변을 따라가는 자전거길은 언덕도 없는 평지였다. 단조로우면서도 스케일이 큰 해안선은 시원하고 호쾌한 기분을 주었다. 해안은 모두 해수욕장이었고 비치피어들은 아름답고 끝에까지 나가보고도 싶었지만 자주 보이니 통과했다.

태평양 해안 자전거길은 하이웨이 Hwy, 프리웨이 FWY 를 타거나 갓길도 없는 자동차길 구간이 많았는데 여기서는 끝없이 넓고 푸른 수평선을 보며 자전거 전용 길을 편하게 마음껏 달릴 수 있었다. 비치발리볼 네트들이 정연하게 설치된 경기장들이 수십 개씩 계속 나타났다. 모두 비어있고 사람인 적도 없는데 왜 이렇게 많이 만들어놓았을까 의아했다.

　산타모니카 비치는 미 태평양 해안 전체에서 사람이 가장 많은 것 같
았다. 비치트레일 Beach Trail 은 자전거길과 보행자길이 분리되어 있지
만, S자 커브를 수없이 만들어 놓은 데다 인라인스케이터들, 세발자전
거들, 자전거 택시들이 너무 많고 보행자들이 마구 침입해 들어오니
짐을 가득 실은 내 여행자전거는 수시로 급정거를 하고 이리저리 피하
느라 위험하기만 했다.

　산타모니카 해안언덕 부촌 아래 백사장 길을 천천히 달리다가 노란
색 망사 원피스에 노브라 노팬티인 대단한 몸매의 미녀를 마주쳤다. 마
주치는 순간 나는 깜짝 놀랐고 내 눈을 의심했다. 그 여자를 바로 세우
고 사진을 좀 찍어달라고 요청했더니 기분 좋게 웃으며 찍어주었다. 여
자가 출발하자마자 가까울 때 줌인해서 모습을 찍고 싶었지만 나는 뻔
뻔함이 부족했고 좀 멀찍이 간 뒤에야 뒷모습을 찍을 수 있었다.

LA 친구들과 함께
제50일~53일

○ LA 친구들의 환영을 받다

LA 사는 고교친구 미란다 Miranda 에서 만났던 광범 씨와 정훈 씨가 산타모니카로 마중을 나왔고 산타 모니카 명품거리에서 더운 날씨에 맥주를 한 잔씩 하고 LA코리아타운 한식당에 가서 윤석, 우성, 영준, 대향, 건상, 인환 씨가 합류했다. 영준 씨는 자전거를 타고 나왔다. 윤석, 영준, 광범 씨 집에서 4박하며 과잉대접을 받기만 했다. 광범 씨의 부

인은 솜씨가 아주 훌륭한 타조 알 공예가였다. 어깨 수술 후 여러 해 단절했던 골프까지 8명이서 두 팀으로 했다. 오랫동안 안 쓰던 근육을 갑자기 비틀어대니 굳어진 근육에 통증이 극심했다. 포기하고 싶었다.

우성 윤석 씨와는 LA 김영옥 중학교에, 또 영준 씨와는 리처드닉슨 미 대통령의 출생지 겸 묘지인 기념관에도 가보았다. 영준 씨와는 차로 슈퍼들을 여러 곳 찾아 돌아다니며 맘에 드는 새 텐트도 샀고 일요일에는 한인교회에도 가보았다.

○ 김영옥 중학교

  김영옥 대령을 기념하여 세워진 김영옥중학교는 미국 역사상 최초로
한국인의 이름이 붙여진 중학교이다. 공립중학교로 2009년 개교했다.
故 김영옥 대령은 독립운동가의 아들로 태어나 제2차대전 때 유럽전선
에서 또 6·25전쟁에서 전설적인 공을 세웠던 전쟁영웅이자 위대한 인
도주의자였다. 한우성 씨의 저서 『영웅 김영옥』 책이 있다. 한우성 씨는
김영옥평화센터 이사장이다.

○ 리처드 닉슨 미 대통령 기념관

LA에 있는 닉슨의 출생지 겸 묘지였다. 닉슨 대통령이 백악관 오벌 오피스 Oval Office 에서 사용했던 책상과 집기, 깃발 등 모두를 옮겨다 놓았다. 공과 과를 통합하는 역사적 시각의 기념물이었다.

닉슨의 엄마는 맹모삼천지교였다. 자식들을 어려서부터 남들과는 달리 키우셨다. 부엌에 전시된 영국 왕실의 조리법 책으로 음식을 만들어 닉슨 등 자식들을 키웠다. 큰 꿈을 심어주었던 것이다. 맹모삼천지교는 동서양의 공통이었다. 부모는 네 아들과 한 딸에게 모두 왕들의 이름을 붙여주었다. 닉슨이 어려서부터 좋아하며 읽었던 책들도 보았다. 닉슨 부모의 시계는 지금도 시간이 잘 맞는단다. 닉슨의 장례식 날에는 이곳에 눈이 내리는 이변이 있었다고 한다.

허모서 비치(Hermosa Beach)
| 제54일 |

○ 인파로 복잡했던 산타모니카 비치에서
   허모서 비치(Hermosa Beach)까지

　다시 산타모니카 비치로 돌아와 샌디에이고까지 나머지 구간을 마치기 위해 출발했다. 백사장 가설식당에서 인파 속에 줄을 서서 배를 채웠고 복잡한 비치트레일과 인파를 헤치며 조심스럽게 달렸다.

　베니스 Venice 비치에서는 스케이트 파크 Skate Park 에서 스케이트보더와 인라이너들의 아슬아슬한 묘기를 넋 놓고 구경도 하고 수없이 많은 요트들이 정박한 마리나를 빙 돌며 달렸다. LA공항으로 이착륙하느라 머리 위로 낮게 나는 비행기들 밑 맨해튼 Manhattan 비치를 지나서 레돈도 Redondo 비치까지 가면서 백사장에 텐트를 칠 곳 찾았으나 없었다. 늦은 시간에 예약도 없이 시내에서 모텔을 찾아 돌아다닐 수는 없었다. 허모서비치의 서퍼 조각상 앞 Surf City Hostel로 되돌아와서 1박 했다. 조용한 밤바다 속 멀리까지 들어간 허모서 비치피어에서 LA공항으로 이착륙하는 비행기들과 해안의 불빛을 바라보니 서쪽 멀리 지구 반대편의 집으로 돌아가고 싶었고 가족들이 보고 싶었다. 여기까지 달려온 태평양길, 앞으로 며칠 더 가야 할 남은 길을 생각하다가 호스텔 잠자리로 들어갔다.

호스텔비: $38

산 크레멘트(San Clemente State Beach)
제55일

○ LA 시내를 통과하여 다시 해안으로

허모서 아래의 레돈도 비치에서부터는 복잡한 LA시내를 통과했다. 횡단보도와 신호등에서 섰다가다를 수십 번 반복하며 사람도 이리저리 피해야 하는 시내는 즐겁지 않았다. 바다로 나와서 수족관 공원과 거대한 요트정박장을 지나더니 다시 시내로 들어갔다가 나왔다가를 반복했다. 길고 긴 비치 트레일을 달리다가 요트들이 가득한 뉴포트 Newport 베이를 지나고 골프장도 몇 개를 지났다.

비치 트레일 자전거길이 끝나고 다시 올라선 1번 도로는 산비탈과 바다가 만나는 경계선 위에서 물결처럼 출렁대며 남쪽으로 달리고 있었고 나는 등에서 흘러내리는 땀이 허리와 안장까지 적신 채 그 위를 달렸다. 산 클레멘테 스테이트 비치 캠핑장에 도착하니 어두워지고 있었다. 캠핑장이 워낙 넓어서 내부에서도 자전거나 자동차를 타고 다녀야 했다.

어둠 속에서 텐트를 쳐놓고 빨래까지 해서 널고 잤다. 남쪽 더위에 옷이 땀 소금으로 허옇게 절어서 그날그날 세탁해야 했다. 샤워와 빨래를 마치고 샤워장을 나오니 그새 완전 캄캄해져 있었고 워낙 넓은 데다 어둠 속에 그새 시간이 흐르고 지구의 자전으로 방향이 돌아가 있었던 것이다. 낯선 곳에서는 약간 엇나간 방향으로 헷갈릴 때가 완전 다른 각도로 벗어났을 때보다 찾기가 더 어렵다. 텐트를 찾느라 한동안 당황한 채 헤매기도 했다. 아침에 보니 내 텐트에 체크인을 하라는 스티커가 붙어있었다. 지난밤 어둠 속이라 체크인 영수증을 잘 보이도록 붙여놓지 못해 생긴 일이었다. 무시해버렸다.

○ 개미들

　모래바닥이 따뜻하기 때문인지 개미들이 단순히 많은 정도가 아닌 온통 개미천지였다. LA에서 구입한 새 텐트를 처음 사용해 보니 속 망사의 올이 커서 개미들이 천정을 기어 다니다가 구멍으로 빠져 들어와 얼굴에 머리에 떨어져 간지럽히고 물어 댔다. 콧구멍 속까지도 들어와 물고 간지럽히며 잠을 깨웠고 온몸을 물어 대서 가렵고 붓기도 했다. 밤새 시달리느라 잠을 못 자서 아침에는 몸이 무겁고 머리가 아팠다. 이 텐트는 사용한 첫날부터 내내 개미들에게 시달렸다. 퇴치제를 사서 뿌리고 소금도 뿌리고 몸에 약도 바르고 해봤지만 텐트 지붕에서 공중 낙하해서 잠자는 얼굴 팔다리를 물고 등속에까지 기어들어와 물어대는 개미들 때문에 무척 고통이었다. 귀국 전 LA 시내 빨래방에서 모든 옷가지와 물건들을 드라이기에 넣고 개미들을 살처분해야 했다.

산 엘리호 스테이트 비치 캠핑장
(San Elijo State Beach)
제56일~57일

○ 미 해병대 펜들턴기지를 통과

　산 클레멘테를 출발한 후 남쪽해안에는 원자력발전소가 나타나기도 했다. 산 오노어 원자력 발전소 San Onofre Nuclear Power Plant 였다. 또 '미 해병대 펜들턴기지 Camp Pendleton Marine Corps Base' 표시가 있는 검문소 철책을 통과하여 내부를 달리기도 했다. 해안벼랑 위로 5번 도로와 사이에 있는 길기만 한 땅이었다. 내부 그늘에는 군인가족들의 휴가텐트들, RV들이 드문드문 있는, 다른 군사시설이란 아무것도 없이 자전거 길이었다. 그렇지만 통과허용시간 주중: 0900~1500, 주말: 0700~1700 을 지켜야 하고 부대의 상황에 따라 변경 또는 불허될 수 있다고 했다.

○ 공포의 5번고속도로(I-5: Interstate Freeway)를 7마일 달리다

펜들턴기지를 빠져나가자 남쪽에서는 자전거길이 5번 고속도로로 올라가게 되어있었다. 이상했고 믿어지지 않았다. 나를 의심하며 지도를 보고, 항공사진을 보고, 눈으로 주변을 멀리 둘러보아도 다른 길은 없었다. 이 길은 지금까지 지나온 북쪽의 고속도로와는 교통량도 도로 차선수도 달랐다. 대형화물트럭 등 수많은 차량들이 굉음으로 질주하는 모습을 바라만 보아도 무서웠다. 갓길은 넓었지만 언제 쫓아와서 부딪칠지 적재물이 떨어지며 튈지 목숨을 내놓는 것만 같았다. 황당하고 무서웠다. 중간에 휴게소가 있어서 탈출하는 심정으로 도로상황도 살필 겸 들어갔다.

○ 자전거가 다닐 수 있는 고속도로 I-5

전에는 금방 고속도로에 잘못 들어가면 어느새 순찰차량이 쫓아오기도 했는데 여기는 오지도 보이지도 않았다. 자전거는 이쪽에도 길 건너편에도 나뿐이었다. 죽으려고 고속도로에서 자전거를 탄다고 모두가 비웃는 것 같아서 창피했고 황당했다. 휴게소에는 경찰도 보이지 않았고 도로청소부가 있어서 물어보니 자전거가 다니는 구간이 맞다, 가끔 자전거가 다닌다고 했다. 휴게소 둘레에는 철책이 도로변까지 연결되어 막고 있었고 바깥으로 빠져나가는 토끼구멍도 길도 없었다. 내 인생의 마지막 날이 여기인가 생각도 들었다. 결국 오션사이드 Oceanside 동네까지 5번 고속도로를 7마일을 달렸다. 고속도로를 빠져나와 언덕 위에서 내려다보니 끔찍했고 악몽 같아서 휴~! 한숨이 났다. 알고 보니 일대가 모두 해병대 기지라서 철조망으로 막아놓았고 다른 길이 없는 것이었다.

○ 칼즈배드(Carlsbad)에 있는
   명문 고등학교 Army and Navy Acadamy.

　칼즈배드 거리는 깨끗하고 산뜻했고 모두 고급주택들이 늘어선 미국에서도 이름 있는 부자촌이었다. LA에서 친구와 함께 만났던 미국인이 자기 아들이 다니는 좋은 학교가 여기 있다고 자랑해서 길가에 있는 이 학교를 살펴보았다. 잔디밭에서는 두 남자가 권투를 하고 있었다.

　길가의 자전거 숍에서 영감은 자전거브레이크를 잠깐 봐주고서 20불이나 요구했다. 깎자고 할 수도 있었지만 내가 이것저것으로 좀 귀찮게 한 게 있어서 그냥 주고 말았다. 그래도 5불이면 충분할 텐데 엄청 비싼 동네이기도 했다.

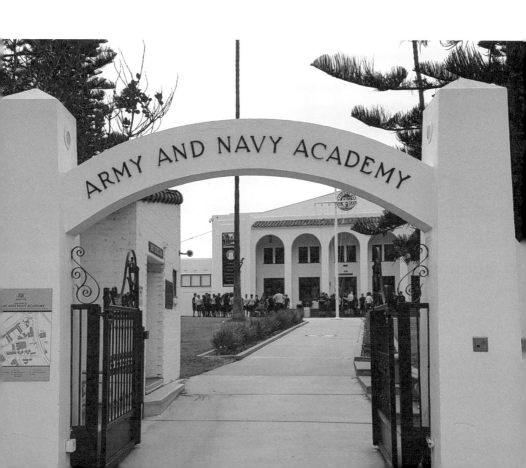

○ 산 엘리호(San Elijo State Beach) 캠핑장

오션사이드 남쪽해안의 칼즈배드 앤시니타스 Encinitas 카디프 Cardiff 를 거치며 샌디에이고까지의 해안은 모두 휴양지 겸 고급주택들이었다. 볕은 뜨겁기는 했지만 금방 화상을 입을 듯 강하지는 않았다. 더워도 자전거를 타기에는 괜찮았다. 카디프 남쪽의 동네 산 엘리호 San Elijo State Beach 캠핑장에 체크인했다.

Hiker/Biker 사이트의 테이블에는 텐트도 없는 노인이 배낭을 올려놓고 줄담배를 피우면서 뭔가를 쓰고 있었다. 유식해 보이기도 하고 홈리스 같기도 했다. 정식 체크인을 했을 거라고 생각했지만 텐트가 없는 것이 이상했고 자전거와 물건들에 신경이 쓰였다. 자전거를 텐트 옆 나무에 자물쇠를 묶어 채웠다. 캠핑장 옆에는 샌디에이고와 LA를 연결하는 철도가 있는데 열차가 자주 다니는 데다 건널목이 있어서 지날 때마다 경적을 요란하게 울리며 잠을 깨우기도 했다.

석양이 진 해안을 바라보다가 텐트로 돌아가니 노인은 아직도 그렇게 담배만 피우고 있었다. 누워서 잠을 자려는데 텐트에 자전거를 끌어가는 그림자가 비쳤다. 누군가 봤더니 늦은 그 시간에 도착하는 라이더였다.

○ 산 엘리호 스테이트 비치 캠핑장에서 2박

아침에 텐트 문을 여니 맞은편에 어제 없던 텐트가 하나 있었다. 내텐트를 여는 자크 소리를 기다리고 있었던 듯 나와 동시에 텐트를 열었다. 어제 길에서 얘기를 나누었던 밤늦게 도착한 시애틀항의 보트 하우스에서 산다는 백인남자 마이클이었다.

　그는 나에게 샤워장 위치를 묻고 나서 갔다 오더니 홈리스 영감에 대해 정식으로 컴플레인을 제기하면 이 캠핑장에서 하루를 더 머물 수 있다며 ~~원래 1박만 허용~~ 캠핑장 오피스에 함께 가서 홈리스 영감이 술을 마셔대며 소란을 피워 잠을 못 잤다고 컴플레인을 정식 제기하자고 했다. 그는 내가 라이딩을 마치면 귀국 비행편까지 날짜가 남아 하루 이틀을 소비해야 된다는 사정을 얘기하지도 않았는데 잘 알고 있는 듯했다. 그렇게 해서 낮잠도 자며 일없이 하루를 쉬었다.

　이날 마이클이 캠핑장 오피스에서 너무 능청스레 거짓말을 하는 것을 보고 경계심이 생겼다. 햇볕은 종일 뜨거웠지만 텐트 속은 바닷바람이 통하니 덥지도 않았다. 내 텐트 옆에는 소방관 가족 RV가 있었다. 소방관은 낮에도 맥주를 마셔대며 붉어진 얼굴에 술 냄새를 풍겼고 나에게 맥주를 주며 권했지만 받지 않았다. 마이클이 소방관과 더운 볕 아래 서서 맥주를 마시며 소방관 와이프를 옆에 세워두고 끝없이 떠들어대는 수다에 끼이고 싶지도 않았고 햇볕이 싫었기 때문이었다. 소방관의 부인은 미모도 좋았는데 참 부드럽고 친절했다. 저녁에는 우리 두 사람에게 닭고기 샐러드를 푸짐하게 만들어 주었다.

퇴근 시간이 되자 이 동네의 남녀노소들이 배가 나왔거나 체격이 좋거나 간에 모두 서핑 보드를 들고 언덕 밑 바다로 내려갔고 서핑을 하다가 어두워져서야 언덕 위 마을로 돌아갔다. 이날 밤에는 오스트리아 남자 라이더들 세 명이 와서 텐트를 쳤다. 캘거리에서 시작했고 멕시코까지 내려간다는데 와인을 마셔대며 밤늦게까지 떠들어댔다.

○ 백인남자 마이클

마이클은 붙임성이 아주 좋았고 얘기도 거짓말을 섞어가며 재미있게 잘했다. 이날부터 다음 며칠 같이 라이딩하며 나에게 무척 친절했고 길 안내를 하며 챙겨주기도 했다. 다음 날 출발 때는 내 자전거 뒷바퀴의 바람이 빠져 있는 것을 먼저 발견하고 손에 기름을 묻혀가며 잽싸게 바퀴를 빼서 고치고 공기를 채워주어 나를 감동시켰다. 샌디에이고에서 멕시코 국경까지 왕복하는 동안 길 안내를 하며 시중을 들 듯 나를 도와주었다.

어렸을 때 형제들과 사고를 쳤던 얘기들, 학생 때는 염전에서 소금일을 했고 또 샌디에이고 호텔 동물원에서 수달을 돌보는 아르바이트 했다는 얘기, 자전거는 미국대표선수가 될 뻔했으나 다쳐서 포기했었다는 얘기, 아프간 이라크 등 해외전투에 8번이나 참전했다는 얘기, 군 복무를 27년인가를 했다는 얘기, 전역 후 대학에 들어가 컴퓨터 공부를 했고 현재는 컴퓨터회사에 다니고 있는데 sitting around doing nothing 하며 월급을 타는데 앞으로 1년만 더 일하고 그만두겠다는 얘기, 시애틀항의 보트하우스에서 살고 있으며 컨버터블 자동차를 옥션에서 8천 불에 샀다는 얘기, 할아버지는 한국전쟁에 아버지는 월남전쟁에 참전했었다는 얘기, 아버지가 군수품 무엇을 납품하는 무슨 회사 대표 누구라는 등 집안 이야기, LA시장이던 영화배우 아놀드 슈워제네거와 또 다른 유명배우들과 둘이서 찍은 사진들을 보여준 것, 여동생이 주한미군으로 근무 중이라는 얘기, 와이프가 암으로 사망했다는 얘기 등 많은 얘기들을 했지만 앞뒤가 안 맞는 것도 있었고, 잘 알지도 못하는 일을 자기가 경험했던 것처럼 말하기도 했고 사실과 뻔히 틀린 것도 있었다. 그러나 무슨 말을 하든지 나와는 상관없는 것들이었으므로 진실이든 거짓이든 재미로 들으며 함께 다녔다.

그는 정체를 알 수 없는 사기꾼 같기도 했고 홈리스 같기도 했고 나를 잘 알아서 무슨 계획에 의해 의도적으로 접근해온 것 같기도 했다. 그래서 내내 경계심을 늦출 수 없었다. 붙임성이 좋고 얘기를 거짓말을 섞어가며 잘했기 때문이다. 그랬지만 나를 성심껏 도와주었다. 나와 샌디에이고를 거쳐 멕시코 국경까지 같이 갔고 멕시코국경을 따라난 보호구역 속 길로 안내해주기도 했고 샌디에이고 산타페 역까지 배웅을 와서 LA행 차에 자전거와 패니어들을 실어주기도 했다. 그렇게 헤어진 좀 이상한 사람이었다.

캠핑비: $7x2=$14

샌디에고 메트로 캠핑장 KOA
제58일

○ 샌디에이고의 멕시코 갱 구역 로건 헤이츠(Logan Heights)

　산엘리호 캠핑장을 출발하면서부터는 나는 더 이상 지도를 보지 않았고 마이클을 뒤따라갔다. 쏠라나비치 Solana Beach , 라호야 La Jolla , 미시온베이 Mission Bay 를 거쳐가며 바다 경치보다는 내륙길이 많았다. 캘리포니아대학 샌디에이고 캠퍼스에도 들렀다가 내리막길에서 잠깐 질주했는데 나중에 보니 순간속도가 105.9km로 찍혀있었다. 내가 미쳤었구나 하고 깜짝 놀랐다. 절대로 자랑할 일도 못되고 황당하기도 한 미친 짓이었다.

고급 부촌 라호야에서는 자동차 숍에 들어가 람보르기니 롤스로이스 벤틀리 등 최고급 차들을 구경하며 앉아볼 수도 있었다. 샌디에이고만에서 휴식하며 해양박물관 미드웨이 항공모함 등 전시선박들과 임브레이싱 피스 Embracing Peace 조각상에서 사진도 찍었다. 악명 높은 멕시코 마약 갱들의 잔인한 사건들이 있었던 동네 로건 헤이츠 Logan Heights 를 가로질러서 KOA 캠핑장에 체크인했다.

○ 샌디에이고 캠핑장 Metro KOA(Camping Of America)

미시온베이의 캠핑장은 텐트 하나 1박에 85달러였는데 빈자리도 없었다. 시내 남동쪽의 San Diego Metro KOA는 1박에 65불이었다. 20불이 싼 데다 마침 빈자리가 있어서 예약하고 갔다. 해안으로 돌아가는 먼 길을 두고 시내를 가로질러 로건 헤이츠를 통과할 때는 건달 두 명이 흰색 자동차를 몰며 내 자전거에 옆에 바짝 붙더니 "Sir, what are you doing here?" 하며 시비를 걸기도 했다. 마이클이 누가 말을 걸어오더라도 대답하지 말고 빨리 통과하자고 미리 다짐했던 터라 못들은 척하며 둘이 밀착하여 로건 헤이츠를 벗어나왔다. 팔뚝과 다리의 문신을 노출한 마이클의 건장한 체구가 도움된 것 같았다. 이 동네에서는 말대꾸하면 그것으로 시비를 걸고 위험에 처할 수 있었다.

멕시코 국경
제59일

○ 마이클의 친절

　다음 날 아침 제임스는 녹 제거용 약품과 솔 등으로 내 자전거를 깔끔하게 정비를 해주었다. 두 달간 시애틀에서 남하하며 태평양 바닷바람 소금과 모래가 찌들어 들러붙은 때를 말끔히 청소한 것이었다. 깔끔한 새 자전거가 되어있었다.

○ 멕시코 국경(San Ysidro Border Outlets),
  미 태평양 해안길 종주 완료

　깔끔해진 자전거를 타고 KOA캠핑장을 출발하니 우리와 비슷한 강
둑 자전거 길이었다. 강은 스위트 워터 채널 Sweet Water Channel 이었다.
강 끝 베이의 해변에는 수만 대의 수입 자동차들이 야적되어 있었다.
미 해군의 드론 운영기지라는 건물도 지났고 양쪽으로 철책이 길게 쳐
진 철책터널을 오래달리기도 했다. 빙 돌아가는 자전거길에는 Bayshore
Bikeway라는 이름도 또 Silver Strand Bikeway라는 이름도 있었다. 남

풍 앞바람이 강했다. 흰 소금을 높이 쌓아올려 군데군데 산을 만들어 놓았는데 염전인지 뭔지 알 수 없는 넓은 소금밭이 경계도 둑도 없이 사막처럼 끝없이 펼쳐있었다. 만 남쪽은 전체가 야생동물 보호구역이었다. 베이 남쪽 임페리얼비치 Imperial Beach 에서부터는 GPS를 켜고 격자형 시내골목과 티화나 Tijuana 강을 따라 산이시도르의 멕시코 국경검문소까지 갔다. 길을 안내하느라 마이클이 수고를 많이 했다.

그래서 미 태평양 해안길 종단을 마친 기념을 겸해서 국경 아웃렛 The Outlets at the Border 식당에서 훌륭한 식사를 함께했다. 내가 대접했다.

○ 티화나 강 계곡의 보호구역

멕시코국경 티화나 Tijuana 외곽 산비탈의 철조망 장벽은 우리의 DMZ처럼 삭막한 느낌을 주었다. 또 티화나 시내에는 모스크 첨탑 미나레트 Minaret 가 몇 개 보여 이스라엘의 웨스트뱅크나 시리아국경 같은 느낌도 들었다. 그래서 왠지 멕시코에는 건너가고 싶던 마음이 전혀 사라졌다. 돌아올 때는 티화나강 계곡 보호구역 흙길을 따라 라이딩했다. 말 목장들이 많았고 마약밀수범들의 땅굴이 발견된 협곡도 있어 으스스했고 Border Patrol 순찰차들만 여기저기 숲 속으로 다니고 있었다. 마이클은 이 목장들 중에는 검거된 마약밀수범들의 아지트도 있었다고 했다. 임페리얼비치까지 다시 올라가서 오전에 달렸던 코스를 거꾸로 타고 KOA캠핑장으로 돌아왔다.

다시 LA까지
제60일

○ 귀국 준비

샌디에이고의 산타페 역에서 LA로 가는 철로는 보수공사로 운행이 정지된 구간이 있었다. 그래서 산타페 역에서 고속버스를 타고 중간의 역까지 이동한 후 LA로 가는 열차를 갈아탔다. 기다리는 동안 잠시 얘기를 나누었던 노인은 1954년 7월 정전이 되고 3개월 후에 미 해병으로 임진강에 주둔하여 1년간 근무했다면서 한국이 많이 변했다는데 한번 가보고 싶다고 했다.

버스를 탈 때 마이클은 무거운 내 자전거와 짐들을 모두 실어주고 헤어졌다. LA에 도착해서는 공항이 가까운 곳에 모텔을 잡고 들어갔다. 모텔 방에 들어서니 내 입에서 나도 모르게 "집에 간다" 소리가 수도 없이 계속 튀어나왔다. 모텔에서 2박을 하며 자전거를 분해 포장도 했다.

저녁에는 친구 윤석 씨가 먼 이 모텔까지 와서 나를 태우고 한식당으로 가서 여러 LA친구들과 함께 환송식을 해주었고 다시 모텔까지 태워다 주었다. 편도 40km가 넘는 먼 거리를 왕복 80여km를 태워준 것이었다.

샌프란시스코, 산루이스 오비스포, LA의 친구들 모두가 나에게 너무 잘 해주었다. 고마웠다. 신세를 많이 졌다.

○ 다시 LA바다의 비치 피어에서

쉬는 날 짐을 싸놓고 다시 비치에 나가보았다. 바다는 너무 고요했다. 망망대해 속으로 멀리 뻗어나간 비치 피어 모퉁이에서 태평양 건너의 우리나라 쪽을 바라보며 오랫동안 서있었다. 부드러운 미풍 속이었고 내 눈에 비치는 흐린 하늘 아래의 고요한 태평양은 낯선 어느 해안이었다. 물속에는 고기들이 보였고 피어 위에는 나, 노부부들, 연인들, 바다 속 고기를 잡겠다고 낚싯대를 몇 개씩 들고 던지는 사람들, 벤치에 앉아 바다만 쳐다보고 있는 사람들, 오고 가며 침묵으로 걷는 사람들, 조잘대는 애들, 하늘을 높이 나는 물새들, 피어 난간에 앉은 물새들, 저 멀리 모래해변 물가를 걷는 사람들과 강아지와 가족들, 보이 것이든 보이지 않는 것이든 모두가 제각각의 모습이었고 비행기들은 꼬리를 물고 바다 위로 떠오르고 있었다. 그 순간 그 자리에 있는 나는 한 인간도 아니었고 잠시 맺혔다 머물다 사라지는 한 개의 점이었다. 한 점 자체일 뿐이었고 모든 것은 그 순간의 홀로그램이었다.

○ 인천행 귀국 비행기 항공사의 횡포와 친절

LA공항에서는 체크인 라인에 서있는 나에게 항공사 동양인 여직원이 다가와서 "무조건 자전거는 200달러다. 돈을 당장 내라! 안 내겠으면 즉시 돌아나가라!"고 했다.

스포츠용품 화물규격 규정을 따져보려는 나에게 말할 틈도 주지 않고 단호하게 몰아댔다. 비행기를 당장 타야 했고 쫓겨나오면 예약한 비행기를 놓치게 되므로 멍해진 채 200달러를 내고 말았다.

그 항공사의 규정에는 자전거 포장의 3면 길이 합이 150cm 이내면 무료라고 하고 있었고 나는 그 규격에 맞추어 천가방에 자전거를 넣고 묶었던 것이다. 그러나 안내직원은 "No, bike is bike. Bike is 200 dollars!"라는 소리만 반복했고, 어떻게 할 거냐? 카드를 주든가 당장 돌아나가라고 협박하듯 했다. 어쩔 줄 몰라 하는 나에게서 신용카드를 낚아채더니 손에 들고 있던 휴대용카드단말기로 순식간에 200불을 긁었다. 황당하고 억울했고 그저 멍할 뿐이었다.

항공사들의 서비스는 서로 비교된다. 어떤 항공공사들은 자전거 탁송비를 무조건 안 받기도 하지만 어떤 곳은 100달러 이상 200달러까지 받는다. 기내 의자부착 스크린에서 영화 보는 것조차도 돈을 받는 항공사도 있었다.

그렇지만 귀국 비행기 승무원들은 친절했다. 기분 좋고 편안한 귀국이었다. 두 달간의 참 뜻깊은 여행이었다.

"여행은 언제나 돈의 문제가 아니라 용기의 문제다"

그동안 유럽 동남아 일본 호주 미국 등 외국들을, 또 국내는 강 해안 산 섬 등 구석구석까지 자전거여행을 좀 다녔다. 몇 년 전에는 록키산맥 산자락 길 캐나다 쟈스퍼~옐로스톤~콜로라도 록키 에스테스 공원까지를 항공권과 캠핑장과 숙소까지 다 예약해놓고 돌발사정으로 취소하기도 했다. 취소하니 금전적 손해도 있었다. 못 갔던 이 코스는 언젠가 꼭 가보고 싶다. 또 남미 땅끝 아르헨티나의 우수아이아~칠레 산티아고 코스도 가보고 싶다. 나이는 빨리 들고 돈은 부족하고 지구에는 좋은 곳이 너무 많다. 내 뜻대로 계획대로 나갈 수 있다면 참 좋겠다.

해외라이딩의 일일 비용은 미국이 좀 더 비쌌지만 유럽이나 다른 나라에서는 3만 원 이내였다. 큰돈이라고 할 수 없지만 그렇다고 적은 돈도 아니다. 자전거여행은 비용은 싸지만 온몸으로 보고 느끼고 생각하고 경험하는 것은 수백만 원짜리 여행에서보다 깊고 강하고 생동적이다.

그간 내가 이렇게 다닐 수 있었던 것은 집에 남아서 가정을 잘 꾸려온 와이프와 열심히 살고 있는 두 딸 덕분이었다. 무엇보다도 내 가족들에게 감사한다. 와이프는 내가 라이딩을 마칠 때쯤 출국해서 라이

딩했던 코스와 주변 관광지를 둘이서 함께 돌아보는 여행을 몇 번 했었다. 그러나 사정이 안 될 때가 있었고 미 태평양 해안 라이딩에서도 못 했다. 앞으로는 라이딩을 마치고 둘이 함께 여행할 수 있으면 참 좋겠다.

　자전거여행에서는 몸도 마음도 건강이 좋아지고 젊어지는 것을 늘 실감한다. 라이딩은 무엇보다도 재미가 넘치며 신이 나고 즐거운 활동이다. 생활에 동력이 살아나고 활력이 생긴다. 자전거를 타는 사람들은 이 맛에 점점 빠진다. 나도 그랬다. 그래서 더 많이 더 자주 해보고 싶어 한다.

　그러나 여러모로 자꾸 구속하며 발목을 잡고 방해하며 못 나가게 만드는 사정들이 생긴다. 여행비용 목돈을 마련하는 문제 외에도 몇 달 라이딩 가는 사이에 잃거나 놓치는 일들도 있게 마련이다. 완전한 여건에서 편한 마음으로 장기간 해외 라이딩을 나간다는 것은 바라기조차 쉽지 않은 일이다. 누구나에게 있어서 무엇인가를 포기하고 다른 선택을 하는 일일 수밖에 없다.

절약방안

항공권 구매

항공권은 직항보다 몇 번 갈아타면 더 싸다는 것은 누구나 안다. 시간과 체력이 된다면 몸은 피곤하지만 얼마든지 할만하다.

항공권 구매회사는 onetravel.com을 이용하고 있다. 해외회사이며 국내에 한국어 서비스 지사가 아직 없어 먹이사슬에 단계가 적은 만큼 좀 저렴하다. 앞으로 국내지사가 생긴다면 언제든지 달라질 수 있을 것이다.

항공권은 여름방학 이전, 9월 개학 이후, 연휴를 피한 비수기로 잡아서 8~9개월 이전에 미리 구매한다. 그러나 비수기 항공권은 오히려 탑승일에 임박할수록 안 팔린 잔여좌석을 떨이가격으로 싸게 구매할 수도 있었다.

또 항공권도 숙소예약도 주중보다는 취소가 많이 발생하는 주말에 잡는 것이 유리한 편이다. 특히 외국계 회사들의 국내지사를 통해 구매했을 경우에는 취소나 변경을 할 경우에는 이들은 직접 못하고 외국의 본사를 거쳐야 하는 절차가 있다 보니 조치가 신속하지 못했다.

GPS 사용, 데이터 통신, 통화

GPS로는 OsmAnd+를 가입하여(가입비 7,000원 정도) 국내에서 여행예정 국가들 지도를 미리 다운받아서 사용하면 아주 좋다. 위성과 직접 통신되므로 통신비용이 없다. 배터리 소모량이 많으므로 보조배터리팩이 필수이다. 구글 맵에서 길찾기를 이용하면 데이터요금이 비싸다.

데이터통신은 로밍하여 기존에 편리하게 사용하던 카카오톡, 인스타그램, 메신저 등을 그대로 사용한다. 또 불용 휴대폰에다 현지 SIM카드를 사서 사용한다. SIM카드를 사용하면 현지 통화요금이 싸서 좋다.

처음에는 국내에서 G~을 구매해서 유럽에 나가 사용하기도 했다. 그때는 기계 구입에만 1백만 원도 더 들었다. 또 지도를 별도로 팔아서 최신 버전이라는 서유럽 몇 나라 지도를 추가 구매하는 데만 22만 원이 또 들었다. 그런데 현지에 가서 사용해보니 지도에 안 나오는 공백 지역들이 있었다. 더군다나 배터리 소모가 워낙 많아 자전거를 하루 6~7시간 타는 동안 두 개 들어가는 AA배터리를 세 번이나 갈아 끼워야 했다. 유럽은 소매점에서 AA배터리 두 개의 값이 3~5유로까지 다양하게 비쌌다. 여러모로 아주 실망스러운 제품이었다. 지금은 휴대폰이 그 제품의 기능을 다 하고 있고 오히려 더 훌륭하니 다행이다.

슈퍼마켓 Safeway 멤버십카드

도움이 컸고 아주 훌륭했다. 많든 적든 구매 시마다 3~7%를 디스카운트를 받고 여타 보너스 행사나 추가할인에서 혜택을 더 받는 경우가 많았다. 처음에 카운터 직원으로부터 권유를 받았을 때는 귀찮아서 몇 번 거절도 했지만 알고 보니 빨리 만들수록 도움이 되는 것이었다. 계산서에 찍힌 총액과 할인금액을 몇 차례 비교해보니 참 잘했다고 실감했다. 적극 권유드린다.

중소도시나 유명 관광지 방문 및 숙박

금, 토요일을 피해 일정을 잡는 것이 좋겠다. 대도시는 주말과 큰 상관 없다. 캠핑장도 게스트하우스도 호스텔도 주말에는 늘 만원이었고 요금도 확 올라갔다. 이동일정을 잡는 데 참고할 필요가 있겠다.

미 태평양 해안 라이딩 비용내역

왕복 항공권	$887
귀국 자전거탁송 (항공사에 따라 생략가능)	$200
모텔(4박) (일정을 잡기에 따라 생략 가능	$380
호스텔(시애틀 2박, 아스토리아 1박, 샌프란시스코 4박, 산타바바라 1박, LA 1박) – 일정에 따라 생략하거나 더 싼 곳을 찾을 수 있다	$325
캠핑(샌디에이고: $65x2박=$130 1박만 할 것을 추천, 평균 $10x45박)	$447
교통비(샌디에이고~LA 열차 $15, 시애틀 페리 $28)	$43
식대 (일 평균 $30x60일: 충분한 금액)	$1,800
합계	**$4,082**

※ 이 중 모텔비, 자전거 탁송비, 샌디에이고 캠핑비 등 640달러 정도는 절약이
  가능했다. 총 3,500달러면 충분했다.

400만원으로 60일간
美 태평양을 달리다

초판 1쇄   2018년 07월 16일

지은이   박현숙
발행인   김재홍
마케팅   이연실

발행처   도서출판 지식공감
등록번호   제396-2012-000018호
주소   경기도 고양시 일산동구 견달산로225번길 112
전화   02-3141-2700
팩스   02-322-3089
홈페이지   www.bookdaum.com

가격   15,000원
ISBN   979-11-5622-388-7 03810

CIP제어번호   CIP2018019921
이 도서의 국립중앙도서관 출판예정도서목록(CIP)은 서지정보유통지원시스템 홈페이지(http://seoji.nl.go.kr)와 국가자료공동목록시스템(http://www.nl.go.kr/kolisnet)에서 이용하실 수 있습니다.